suncolor

suncolor

我有結婚病

陳又津 著

suncolor
三采文化

目錄
contents

我有
結婚病

我長得不差，有在健身，
為什麼連三十歲之前結婚，
這麼簡單的夢想都無法實現？

林怡君，相親社員，33 歲

我一直夢想做個新娘子。

小時候我說出自己的夢想，大人都很開心；國中的家政課，同學都在打混，但我是一針一線織毛衣，好朋友織到最後會拿來給我收尾；螞蟻上樹、蛋塔、鬆餅的作法我也記得。嫁個老公，生兩個小孩，相夫教子，這就是我完美的家庭生活。

但現實完全不是這樣子。

現在的我年紀不小了，再不生就要變成高齡產婦。就連母胎單身、後來出櫃告訴我們她是女同志的同學，前年也結婚了，還去泰國做試管嬰兒。這個時代沒有不可能的事。但我長得不差，有在健身，為什麼連三十歲之前結婚，這麼簡單的夢想都無法實現？

所以我下定決心，報名了相親會館。

一年的會員資格要價四萬七千元。

正式約會之前，每個人都有一個愛情教練，我的教練是陳姊，燙著鬈鬈頭、戴著金屬眼鏡、穿著綠白條紋襯衫。今年四十五歲的她有兩個孩子，雖然幾年前離婚了，但現在有穩定交往的對象。她鼓勵我，這樣的她都能有男朋友，三十三歲的我根本不用太擔心。「妹妹你聽我說，女人要漂亮，一定要化妝。」

那個週末是我第一次相親，比預定早了一個小時到會館。陳姊準備了化妝箱，替我從修眉、粉底到假睫毛，化全妝。那之前，我一直以為化妝就是塗上唇膏就好了，戴口罩的時候我連唇膏都省了。只是陳姊的妝好像跟年輕妹仔或韓劇女明星不太一樣，我的眉毛彎彎細細的，眼皮浮著一層不是歐美風的藍綠色眼影，我又說不上哪裡不對。反正她打了預防針，相親第一次通常不會成功，我當作練習就好。

我的擇偶條件是：有穩定收入、會顧家，房子車子不強求。

第一個相親對象是鵝肉店小開。

有錢人真的不一樣。他們家在土城開鵝肉攤，從一家老公寓做起，買了左邊和右邊三間店面打通。高雄有收租套房、花蓮有一塊地、宜蘭的山也是他家的。鵝肉男三十多歲，看起來像四十多，主要是因為頭髮少。一看到鵝肉男，就不難理解，為什麼他到現在都沒女朋友。會館排約之前，會調查雙方的身家背景，所以我相信鵝肉男的資料沒問題：沒結過婚、沒交過女朋友，義務教育畢業就在自己家裡幫忙。

影印身分證這點太重要了，之前我在交友軟體認識了一個男人，電信公司的外派維修人員，看起來很老實，常常提早下班，我們就用那段時間約會。但兩個禮拜下來，下午男都不跟我吃晚餐，要趕著回家吃飯，我們頂多一起吃中餐。朋友都說他一定是結婚了，我不信，應該只是比較孝順。我想過在下午男洗澡的時候，偷開他錢包，翻他的身分證，但如果在房間被他發現，不知道他生氣的時候會做出什麼事。

就算他有老婆，也可以離婚啊，我才是他的真命天女，我願意為他做便當，那他就吃不下晚餐，讓那個老婆知道我的存在。但我跟我媽一起住，如果我沒事做便當，她一定覺得我怪怪的。所以這個計畫一直沒實行。最後，我受不了躲躲藏藏、不能認識對方朋友的狀態，一個月左右就分手了。幸好我沒懷孕，不然孩子生下來不就父不詳？我要說的是，身分證很重要，但約會的人根本問不出口，只好拜託會館做壞人。

「我媽叫我要找個聽話、肯做事、不怕吃苦的當老婆。」鵝肉男劈頭就說，我想，他要找的是外勞。不過這種直來直往的性格很特別，我也是出來見見世面，了解小吃經營的眉眉角角。

那天我們去士林夜市約會，他一直說：「如果讓我做老闆，我會多加幾張桌子、加快出餐速度，尖峰時段多找幾個外勞來。」「能管一個餐廳，就可以管一個政府。」「連這種人都可以選總統，我的能力比他還好。」

我微笑以對，雖然我一開始就放棄這個人，但男人要有上進心也不壞，我為自己樹敵還不如為自己鋪路，說不定他有個比較正常的弟弟？只是這不是小學作文題目「我的志願」嗎？你都三十多歲了，難道不知道自己有幾斤幾兩重？選個議員或里長可能有機會，總統跟你實在是有距離。但現在的我是老妹了，不能太挑，露出「相信你一定可以」的表情。吃飯時，我們各付各的，因為我不想欠他，每一塊錢都算清楚，加上服務費，三百八十五元。

最後，我們各自回家，他堅持開車送我，我說我搭捷運，他生氣了。「有車給你坐你還嫌！」說完甩頭就走。我這天有這麼多機會離開，最後竟然是我的錯？雖然會館做了身家調查，但陳姊也交代過我：「不要上陌生人的車子。」既然會館有這條規定，那他是忘記了，還是故意的？雖然我的擇偶條件要顧家，但不是要媽寶啊，陳姊這邊是不是誤會了？

陳姊說，鵝肉男剛加入會館，他們也不清楚他的狀況，後續會幫我留意。但會來相親的男生真的不是普通人，比方會客桌玻璃下面就壓著「十大禁忌話題」，直接告訴你地雷：前任、初戀、年齡、身高、收入、三圍、相親幾次、報名費等等，但有人偏挑這些聊。他們是不是沒看到標題，以為這是必備話題？兩、三個禮拜下來，我天天都很忙碌，因為有人喜歡參加週末活動，有人只約週間，但真的沒一個正常人。我應該可以得到更好的，於是跟陳姊說，如果真的沒辦法，我們就退費吧，三個月內可以退回一半的費用，也不必浪費時間。

畢竟現在的我跟以前不一樣了，懂得爭取自己的權益。因為國中的我吃過虧，那時候滿臉爛痘，忍痛給美容師清粉刺，還要買一大堆用不完的保濕精華液。美容師恐嚇我，清完不保養，只會更嚴重。課程買了十堂，還叫我媽幫忙用，但那美容師太愛碎碎唸，什麼她是單親媽媽有一個兒子要養……我媽也受不了，後來又買了好幾萬的保養品放在護膚中心，每次都只能用掉兩、三千塊，我一直推託沒錢，要我媽來才能買新課程，但我還有三、四堂課，那人到底在急什麼？後來我都很怕這種密室保養，做臉根本不是享受，而是恐嚇和愧疚，好像我們欠她錢一樣。我也覺得對不起我媽。用到剩兩、三萬的時候，我決定不去了。如果那時候就有網路，討論醫美和保養，這種人一定活不下去。現在想想，那根本就是情緒勒索，說不定也算詐騙，最好一瓶精華液要八、九千啦！如果相親會館也是這樣，我寧可停損殺出。

「結婚是一輩子的事，妹妹我一定幫你安排最好的，你一定要有耐心。」陳姊說。

「但我都過了三十歲，這樣還不夠有耐心嗎？」我說。

「我一定退給你，不囉唆，可是你上過我們的自我成長課程嗎？會員免費喔！」

烘焙料理、流行彩妝、理財投資、星座解密、人類圖、紫微斗數、游泳課、拳擊雕塑——我真不知道會館多角化經營，至於男生也有專門課程：曖昧技巧經營、穿搭入門、跟任何人都聊得來、男性保養……因為太多人就算加了Line，也只會說早安午安晚安，衣服品味糟得一場糊塗，細格子襯衫根本就沒人可以駕馭好嗎？

露西姊以前是酒店媽媽桑，但她不避諱談往事，反而讓她成為今天的「愛情顧問」，她把愛情當投資，尤其是女人的青春有限，一定要追求時間跟效率。「我們在酒店一檯是十五分鐘，一定要在這段時間讓人家喜歡你。但你跟客人相處的時間也不能太長，就算是林志玲也會讓人覺得看膩了。」因此，最基本也最終極的手法是：「尊敬男人」。呃，我平常不就這麼做了嗎？只是露西姊比較淋漓盡致，可以正經八百地說出：「你是我看過最大的。」那堂課的結論是：「世界是一個大酒店，我們比誰的套路深。」沒有男人不愛被尊敬、沒有女人不愛聽到自己美麗。就算理性上知道不可能，但愛情就是把不可能化為可能。

除了一對一的約會，還有效率更高的團康活動：品酒會、密室逃脫、賞花、野餐、唱歌……我選了當天來回的小旅行，去龍潭賞桐花。雖然我去過某些景點，但印象很模糊了。大家在車上自我介紹，我旁邊是被媽媽逼來的男生，他三十二歲，直接說他不想結婚，只是不想跟媽媽爭吵就來了。他在遊覽車上完全不跟我說話，大家開始唱歌的時候——我後悔自己報了這活動，聽到有女生唱著：「我要吃肉肉～」一首沒什麼內容，甚至充滿性暗示的歌，讓她大受男生歡迎，整天都有人找她聊天。

我們到了桐花樹下吃點心，聊天有一搭沒一搭，看著潔白的桐花落進盤子的糖漿，我覺得自己就是那朵花，這輩子就這樣毀了。無聊的抹茶體驗、茶園導覽，上了車就沉默地滑手機——這次不管陳姊說什麼，我都要退費了。

好不容易到了小粗坑步道，我鬆了一口氣，大家終於不用再說話，往山上走去就對了。有男生穿了皮鞋、女生穿窄裙，看他們搖搖晃晃地走路，不時腳滑一下，會館不是前幾天就發了行程表嗎？為什麼他們要穿這種衣服來呢？我決定埋頭狂走，走在他們前面，眼不見為淨。直接放棄聽導覽，反正解說很無聊又聽不到。迎面而來的山友說，前面很漂亮喔，還替素不相識的我加油。果然，人少的地方桐花鋪地，是一片柔軟的地毯，讓人想立刻躺下來。

「你還滿能走的。」登山男說。

我好像聽過他的聲音，應該是遊覽車最後面的座位，那時候我放棄扭著脖子看下去，反正都是些怪胎，結果就錯過他。面對稱讚自己的人，很容易覺得他是個不錯的對象。個子高高的、戴復古圓眼鏡、在國稅局工作——這才是真正的公務員啊，能說出自己在什麼單位，不怕別人去查（雖然我也不可能查），光明磊落的態度，這大概是山神送給我的禮物。

那條路很美，天也亮著，我想跟他繼續走，聽說前面的風景更漂亮。但空中飄起細雨，相親團的大家怕滑倒（還不就是穿錯鞋子！），我們只好到此為止。回程時，登山男跟我聊著，他去過哪些山、用了多少時間，算是我這趟旅行唯一的收穫。最後我們交換了Line，頭幾天都沒說什麼，直到他傳了訊息：「要不要一起去爬山？」

✳

登山是男人的浪漫，成功的男人背後一定有個女人。我決定在這條路上支持他，為了陪他登山，我買了很多裝備，衣服、裙子、緊身褲、背包等等，整個月的薪水都投下去，因為我不想拖累他，就像那些穿錯衣服的人一樣。

「你看起來不太一樣。」登山男帶著笑，應該是誇獎我的意思，那我花錢也值得了。起登前，他特地交代不會有廁所，需要的時候隨便找個地方就好。

這天的目標是苦花魚。

他背著釣具和箱子，專揀沒人的路，我沒來過這種山，沒有任何人造指標，到現在我也說不清自己到底去了什麼山。當時全世界只剩下他跟我，照理來說很浪漫，但我突然想起陳姊交代的那句：「不要上陌生人的車。」

當然，我用的是自己的雙腳，登山男也是會館的會員，不算是陌生人——但我會不會走不出這座山？我後悔了這次沒跟陳姊報備，因為一切都太順利，順利到我覺得這次可以靠自己的力量，說不定還可以趕上三個月退費的期限。但我錯了，我應該要跟陳姊說的，至少讓她知道我跟誰出來了。

過了陡坡和下切，我沒想到還要越過溪谷——當初說是爬山，沒說是釣魚，但他回頭看著我。「這裡石頭很滑，你要小心喔。」本來有些卻步的我，聽到這句話有了一點勇氣。我可以的。下次去買雙溯溪鞋吧。過了幾顆石頭之後，我發現重要的不只是落點，因為我可以在腳滑之前，踩到另一顆石頭，跳、跳、跳，就可以過河了。所以溪谷成了我最喜歡的地形，甚至可以超越他的速度，因為我可以看見他沒選的路。但我快到岸邊的時候，他臉色很難看。「絕對不可以用跳的！那樣會滑倒！」但我只是想跟上他的腳步，而且也沒背東西，這方法應該沒問題，也沒把他的話放心上。

「山很危險。」「你要學啊！不然不要跟我來。」「你要替我想，如果你受傷了，我不是還要想辦法救你嗎？」既然他這麼不高興，那我就用他的方式吧。

「我教你怎麼走路。」我根本沒問，他就開始教導上坡、下坡、過溪的方式。

路段變難之後，我連呼吸都很吃力，但我更怕我不學，他把我丟在這山裡怎麼辦？他看到我笨拙地嘗試他教的步伐，反而變得比之前有耐心，還會牽著我的手過河。後來我才想到，一開始相遇，我就走在他前面了，為什麼我會覺得應該走在他後面呢？最開始的那句「你還滿能走的」，或許不是想跟我搭訕，而是掩蓋他失敗的話術，只是我那時候沒聽出來，還以為他喜歡這樣的我。

後面，還有水深到腰的溪谷。

更糟的是，我這天月經來了。但我不能告訴他。也許我一開始就應該說，月經來了不能爬山，但我討厭用月經做藉口，月經讓我這輩子失去夠多了。一輩子有四分之一的時間不能洗頭、吃冰、游泳、運動、泡溫泉、做愛、拜神——這是我們第二次見面，而且不算會館排約的額度。這是我最接近結婚的機會了。

走。

深不見底的河流，只能靠腳底感覺深淺，衛生棉吸滿了河流的微生物，就算他牽著我的手，我還是覺得很冷。上岸之後，我立刻換掉衛生棉。他主動幫我把風，雖然這幾個小時我們都沒遇到人，但我感謝他的紳士態度。結果他上完廁所，問我是不是把垃圾丟到山裡面？

糟了，他看到我的衛生棉了。

平常吃完的果皮、零食塑膠袋我都會帶走，但用完的衛生紙和衛生棉很噁心。

「我告訴你，不可以把垃圾丟在山裡面！」

我知道我錯了，但有必要這麼大聲嗎？比我誇張的人多的是。但我認錯。「我去撿。」

「本來就是這樣。」他補了一槍。他是對的。

我們陷入長長的沉默。幸好目的地也到了，他準備釣具，開始釣魚，我盡量不讓自己出現在他的視線內。釣魚的時間比我以為的長，山裡又沒有手機訊號，我就編個花環打發時間，結果編到一半又要走了。「苦花移動了！」早知道我應該多撿一些花回去再編的，現在也只能拔營往上走了。

那天的漁獲據說是大豐收。「你果然有新手的好運。」

這句話大概是破冰了。

他生火、我撿柴，在河邊烤魚吃。

「好吃嗎？」他問。

「好吃。」

「你騙人，」但他笑得很開心。「這魚這麼瘦，不可能好吃啦。」

嚇死我了，我在想他怎麼知道我騙他？我根本不吃魚，小時候被魚刺鯁到送醫，那之後就不吃了。但是我想結婚，我就必須吃魚，因為登山男喜歡釣魚。我也願意為他料理魚，甚至可以學吃魚——會館有這種課程嗎？我先上 YouTube 學好了。露西姊交代過，男人在謙虛的時候，你要更尊敬他。我說：「這肉質很細、很特別啊。」

「那魚頭也給你。」

不，我要被我自己的謊言害死了，如果在這裡鯁住，我很確定不會有耳鼻喉科醫生來救我。為了活下去，我終於說了真話。「我、我小時候被鯁住。」

「沒關係，我也不吃，所以才問你。」

等等，你釣魚不吃魚頭，這不是很過分嗎？這些魚的冤靈不會來找你嗎？但算了，事情圓滿落幕，平安就是福。再怎麼苦，一天總是會結束。婚姻也是床頭吵、床尾和。雖然我距離那張床還有一段距離——但我會結婚的！

＊＊

有車有房，父母雙亡。

這樣的極品，我人生中遇過一次，就叫他極品男吧。

我們在工作上認識，他是我的下屬，但我們其實只差三歲，只是他比較晚進社會。那陣子我跟下午男分了，有點難過，他像個小弟弟一樣陪我散心、帶我去玩，把我教他的一切做得井井有條。他是唯一認真聽我說話的人，也比我還懂我的需求……我手腳冰冷，他就拿來放在他的胸口或其他地方。那時候他媽媽癌症末期，我們才交往一個月，就去合我們的八字，算命的說我有幫夫運，他媽媽把我當作未過門的媳婦，說她過世以後有幾百萬的保險金。但她了解她兒子，極品男一定會全部花在改車，從他沒事跟我叨唸 M-Power 就知道了。

「他現在每個月都有存款，我知道這是你的功勞。」她說。

唉，如果可以，我真想跟那個無緣的婆婆結婚。阿姨過世之後，我一個人果然擋不住他，我們常常為了買車吵架。我就是不懂，車子是負資產，Vios 開得好好的，維修也便宜，幹嘛買 M-power ？我們有一間房，努力一點絕對可以拚第二間、第三間。我自己就打算買個小套房了，兩個人一起努力，又不用繳房租，那累積資產的速度會更快。大概也是父母留下的遺產，讓他失去了上進心，我勸他還年輕，趁早離開這個夕陽產業，因為我也快辭職了。這份工作做了快七年，可以了。但他覺得這裡跟同事上司相處愉快，沒什麼好改變。

阿姨過世之後，百日之內要完婚，不然就要等三年，到時候我就快變成高齡產婦了。

儘管百日婚不能穿我夢想的白紗、訂不到喜歡的飯店、最要好的朋友在國外——這些事我都一個人扛下，自己試穿婚紗、試菜、找喜餅，好像結婚是我一個人的事。我決定之後，他又有一大堆意見：西裝不合身、場地太樸素、喜餅太貴……叫他做又三催四請。眼看就要趕不上百日期限，我上網問了大家意見，網友說他根本不想結婚，但我不相信，他們又不認識他，怎麼可能知道他在想什麼？

好吧，我有結婚病。

一定要結了婚才會好的病。

更關鍵的事件是，我發現他劈腿，跟公司的女同事上床——你至少找個關係遠一點的人吧？你就這麼懶惰嗎？

阿姨，我不想努力了。

我們分手之後，他就買車了。

聽到別人告訴我他買了ＢＭＷ，我真的大笑出來。我不在乎他開新車帶新女友去兜風，那都是吃空氣，以他這種花錢的速度一定坐吃山空，他的財產隨便他花，不關我的事，也不是我的錢。沒多久，我聽到新女友懷孕，他們沒辦婚禮就公證結婚了，連百日的禁忌都廢了。啊，我怎麼沒想到懷孕這招？那我何必那麼認真吃避孕藥？還是極品男被我調教好了，才去跟別人結婚嗎？

第一個小孩還沒出生，極品男又外遇了，那女的哭鬧帶孩子去死，可能覺得生第一個沒用，就生第二個，月子剛坐完又懷孕了。聽到她的不幸，我就放心了。仔細想想我應該要感謝她，如果沒有她幫我擋煞，我的結婚病大概不會好。那次分手後，我去健身、上英文課，大家都覺得我變漂亮了。

分手後我本來想立刻封鎖極品男，看在阿姨的分上，還是要照顧一下，而且工作上萬一要聯繫也麻煩。過了幾個月，我也真的放下了，收到他的語音訊息，應該是醒來就傳的。

「有一天晚上，我夢到我媽，房間沒開燈，是全黑的，我看不清楚那邊站的是誰，但我知道是她，她說：『你要好好存錢，不要亂花。』醒來的時候枕頭是濕的，我很想你。」

我也好想念阿姨。

我們約了幾次，從頭到尾沒什麼說話，但一切都很熟悉，反正這是他老婆欠我的，我一點都不覺得抱歉。只是我意識到，我不再隨時隨地可以把手腳靠著他的身體取暖了。那年冬天特別冷，我決定去買一台暖氣。雖然大家都說住台灣不需要暖氣，但我們台中人來台北生活，忍受陰濕的天氣已經夠難了，為什麼還要白白被嗆？我每年都在數著寒流天數，在家裡穿著外套躲進棉被，但空氣永遠是冰冷的。我自己一個人住七年了，短期內也不會搬家，買個小家電不為過吧。

我挑了一台煤油爐，全站第二低價，有十幾個評價的賣家。

在寒流詐騙暖氣買家的人，一定會下地獄。因為我被騙了。

「要我就選評價最多的鑽石賣家，不然很危險啦。」「大家都沒貨，那有貨的一定是詐騙。」跟極品男說了這事，本來是想跟他多約幾次，但他不安慰我，反而一堆事後諸葛。不管怎麼說，日本空運還是比台灣代理便宜一半，最後我又下標一台，就算被騙了，也只是跟台灣買的一樣價格，台灣代理商跟詐騙集團賺得一樣大啊。但我這次選擇貨到付款，整個冬天，我只要煤油爐就夠了，跟極品男也斷了聯絡。大概是這台暖氣讓我太安逸了，根本不想認識外面的人，就算認識了也懶得出門。整個冬天，我幾乎沒打開交友軟體，直到結婚病發作，才去報名了相親會館。

✳

聽說雪山適合新手，夏天只需要最少的裝備，不用穿戴冰爪，所以我沒想太多就出發了。到了武陵農場，我才知道要搭帳篷，但我從來沒搭過，那些團員又是天黑才到。如果早點告訴我是露營，那我可以多帶點東西。我哀求登山男，住一天旅館也好，至少有浴室、床墊和熱水啊。他勉為其難，開車帶我到下面的服務中心，結果有人當天退房。

「我們凌晨三點就要退房了，幹嘛訂這浪費錢？」他說。

「賓館有附早餐，你們三點可以先拿。」服務人員說，不知道是想幫我，還是例行公事。我趕緊拿出錢，其他人也付了，還說著房間本來因為太熱門訂不到，前一天的確需要儲備體力。有別人在場，登山男不像之前那麼跋扈，終於把我的意見聽進去。也因為訂了房，附贈的晚餐是豪華的歐式自助餐，明明是海拔兩千公尺的地方，卻煮了螃蟹，甜點也一應俱全。隊伍總共六人，四男兩女，但大家說別把那個女生當女生看。「她很厲害，腳程比男生快、負重也很夠。」最弱的就是我了，不過我早就習慣這種待遇，有時也會有意外的好處。

我們摸黑上山，凌晨三點半從登山口出發，這對平常兩、三點才睡覺的我來說，根本是不用睡了。路程出乎意料地遙遠，還沒到哭坡，我的大腿就抽筋了。真的走到哭坡時，我反而覺得沒什麼好哭的，那張告示牌應該立在前面一點的地方吧！在徹底的黑暗中，只有彼此的頭燈照應。本來在我們後面的隊伍，漸漸超車了。剛開始，大家都會問我要不要休息，但休息也只是站在原地。其他人甚至是原地踏步，讓身體保持熱度。這讓我壓力更大，一直想請他們先走。

早上八點，我們到了東峰，但那只是路程的五分之一，我覺得自己體力耗盡，跟其他隊員說，這裡路跡很清楚，你們不必等我，先去攻頂吧。他們似乎也在等我自己說出這句話，明顯鬆了一口氣，頭也不回地走了，留下登山男跟我。我其實希望登山男也一起去，這樣我可以慢慢折返，在露營地吃個午餐等他們，順便準備晚餐。但他堅持不放我一個人。或許早上八點多就下山，確實是太早了，而且他都犧牲難得的機會，留下來陪我了，我再撐一下，比大家晚一些些，或許我們可以一起攻頂。更何況，我根本就不知道回去的路怎麼走。

每一步，我都覺得鞋子裝不下我發熱腫脹的腳了，只要高山的強風吹來，腳下的碎石坡就會輕易吃掉我攀升的高度。到了山上，我只想趕快下山。拍完登頂照，登山男也覺得沒問題了，跟我約定依照各自的速度，在山下的武陵農場露營區見，反正那麼多人開車上來，一定有搭便車的機會。登山男一馬當先蹦蹦跳跳下去了。

當下我也覺得不難，反正是走過的路。但我下到黑森林，才發現路雖然一樣，但樹從不同的角度，看來有不同的姿態。我後悔也來不及了，同伴都下山了，好不容易回到三六九山莊——這時才下午一點半，我連續走了超過十小時，顯然還有一大段的路要走。天空飄起細雨，跟上午截然不同，我開始頭痛，不知道是不是高山症。

傍晚將近七點，天全黑了，我開頭燈下山，在登山口長椅休息之後，搭便車去露營區跟隊友會合。雖然搭便車違反我的原則，但也只能祈禱山友都是好人了。想不到我萬分疲憊到了露營區，等待我的竟然是冷凍的火鍋料理。（而且還沒完全解凍！）同行的女生，從一開始就沒加入這個火鍋派對，她四點多就回到營地，自己煮好東西，已經去營帳睡了。我討厭這些人，有誰會把同隊第一次爬高山的女生，丟在山裡不管的？要不是我運氣好，我懷疑自己可能凍死了。

「別急，」登山男說：「這裡有一些泡麵，你先吃。」

他碗裡剩下的冷冷泡麵，看起來好淒慘，大概跟我臉上的表情一樣。我走了十六個小時，幾乎沒休息，累到完全吃不下。早我兩個小時下山的這群人，竟然沒人想到要先煮東西，而是等我來煮嗎？大家一定都餓得要命，卻寧願吃泡麵。登山男對於他自己用爐子燒了熱水很得意。「雖然你走得比較慢，但我先讓大家填肚子，解決急迫的問題。如果我們將來有小孩，也要讓他念理組解決問題。」

啊？我走得慢跟你們餓肚子沒關係吧？怎麼現在怪到我頭上了，雖然我在東峰說過要是我先下山，我會煮好火鍋等大家，但你們在黑森林跟我擦身而過的時候，就應該意識到，我一定會比較慢吧？

你們沒東西吃的問題，不要約我，也就不用解決問題了。也許我還是不要生小孩，但我還是得結婚啊，還是跟別人生小孩但不結婚比較好呢？我想得都暈了。小孩到時候會選擇他自己的路，我在這煩惱也沒用。我開始準備火鍋，他們那群人都洗好澡了，輪到我的時候只有忽溫忽冷的水。他那些大叔朋友，只有一個胖胖的應該是熊的 Gay 會幫我，但也僅限於我說什麼他做什麼，光是這樣我就非常感激了，不然把菜從桌子拿到洗手台那段路，對我來說也超過負荷。

天色太暗了，又沒有專業的露營燈，有些火鍋料黏在鍋底燒焦了。只能把鍋子泡水，放到明天早上再洗。看著別人有明亮的燈火，坐在舒適的露營椅聊天、烤棉花糖，我意識到露營是露營、登山是登山，以後如果沒有住宿的地方，那就不要爬山——或者根本不要爬山。

帳篷裡的夥伴在磨牙，露營的人在唱卡拉ＯＫ——我終於知道那個女生為什麼要提早睡了，因為睡著了就聽不到。但因為太累，我也終究睡了。

早上起來，全身痛到動不了。但露營用具要收好歸還，昨天燒焦的鍋子也要刷，草地對面有虎視眈眈的猴子，不仔細看，還以為是灰色的石頭。有個阿伯拿著ＢＢ槍跟猴子對峙，因為猴子會搶食物、用品，跑來亂大便，所以我們在睡覺的時候，其實有人輪流守夜。「反正也是睡不著啦。」他說。

清晨六點，陽光很美，但對面的猴群有種肅殺感，只要牠們超過柏油路，來到人類這端，阿伯就會發射ＢＢ彈。「你也試試看。」視野放大到一百八十度，指頭的末端不能遲疑，握緊手槍的手掌要承受後座力——這大概是登山男釣魚的感覺吧。我射得很準，阿伯稱讚我有天賦。如果真的再來，我不如加入守夜人的行列，別再爬什麼鬼山了。等賴床的夥伴起來，我們才動身下山。早餐依然是悲慘的泡麵，比較不悲慘的部分是熱水很熱。

下山之後，登山男跟我斷了聯絡，我也不想上山了。

＊＊

「如果我們生小孩」這句話，倒是提醒了我，我應該去健康檢查，精準地說，是去檢查卵巢。之前太專心在結婚的細節，完全忘了我快要是個高齡產婦。而且我作息混亂，外表和生理年齡不一致，之前測體內年齡竟然是三十九歲！萬一醫生宣布我的卵巢四十歲了怎麼辦？不能再等了，我不能失去生小孩的最後機會，是不是現在就要凍卵？我立刻掛號婦產科，檢查卵巢功能。

婦產科的氣氛很凝重，只看到少數的男性陪太太或女朋友來。不知道他們要歡喜地迎接新生命，還是要捨棄小孩這個巨額花費？我先是腳開開地等醫生過來內診，剛開始滑了一下手機，但醫生一直不來，旁邊又有各式各樣的人走動，讓我覺得空氣的細菌都要從下體灌進來了。幸好我戴了口罩，應該不會有人知道我是誰吧？我們抽了血，下禮拜再來看報告，不過以我三十三歲的年紀應該不用太擔心吧。

「林小姐，你的AMH值是5.4。」

聽起來很低，但醫生說這數量很夠了，要我不要急著凍卵，而是去找對象。但我就是找不到才來的啊！凍卵不只是取卵，我還要打排卵針、抽血、照超音波，整個療程要兩、三個禮拜，手術雖然簡單，但還是有風險。而且取一個卵子不夠，後續也要透過試管受孕，目前台灣沒開放未婚女性做試管嬰兒，只有合法的夫妻才能做。現在取卵是取心酸的就是了？

「如果要合法伴侶，兩個女生可以嗎？」我差點就問了醫生，立刻想到不對，還有精子的問題。我不如去問問那個女同志同學，當初她們是怎麼做的？

醫生也提醒我，就算懷孕了，一般人的流產率也有三成。我印象中確實有同事流產，也聽過明星順利生了頭一胎，但第二胎流產的。想了想，我實在不想跟公司請這麼多假，醫生說算了也就算了吧，只是兩年以後我還得從頭來過，這段時間也不知道能不能結婚。

我知道這個時代不結婚也沒關係，大家都過得很充實，為什麼我就是有結婚病呢？理性上，我也知道，結了婚不會更好，畢竟我跟極品男就差一步，也看到結婚的下場。本來也覺得單身沒礙著別人，但一聽到我單身，親戚要幫我介紹、朋友幫我拍美照、同事揪我去聯誼、網友叫我去諮商、英文班同學帶我去宮廟看前世今生……能做的我都做了。我覺得自己好像有什麼毛病，一定要治好，只要結了婚，這個病大概就好了吧？

我們是地方的大家族，每年都要回祖祠拜拜，祖先牌位有很多人的名字，神明廳角落有奇怪的東西。小時候，孩子們聚在一起躲貓貓，我躲得很好，沒有孩子能找到我。因為我都躲在那個東西後面，直到有一次，我媽告訴我不要碰到那東西，因為那是「角落的姑婆」，沒結婚、離婚的女性，或是太早夭折的小女孩，就只能放這裡。她們沒有小孩，不能得到後代子孫的香火，所以女生一定要結婚生小孩。如果太早死，她的父母會辦冥婚，讓她帶著嫁妝，嫁給撿到紅包的陌生男子，才有後代的香火。

「女人一定要結婚，將來才有個依靠。」我媽說。

我那時雖然還是小孩子，但我死了也不想麻煩別人，隨便埋一埋就算了，還把這件事當笑話跟同學說，約定了大家要一起做孤魂野鬼，中元普渡多吃一點，別的鬼有清明可以吃，我們就兩餐當一餐。我再也沒接近那東西。我想我不是怕肚子餓，而是像罰站一樣困在神明廳角落，名字被人公布出來，永世不得超生。

而且我比誰都清楚，結了婚，還要有兒子才行。阿婆是童養媳，年夜飯都會坐在灶旁邊自己端個碗吃飯，大家拜託她上桌，但她總是說自己習慣了。阿婆那個時代，整個客家庄都會把小女孩送別人，就連中康、地主家庭也不例外。阿婆就這樣來到林家，為林家做牛做馬，但一直沒生出兒子，從叔公家領養了我爸。其實這也算是多元成家吧？我爸是養子，常常懷疑自己不是那個家的一分子，還威脅我們：「不乖就送你去做養女！」但我們這個時代不能亂送了，他就嚇唬我們小孩子。隨著時間過去，我只留下一個印象：我將來一定要離開這個家。看看阿婆、我爸、鵝肉男、極品男和登山男……

也許不只是角落的姑婆，現在的我也是，永世不得超生。

成為
任何人

我曾經非常喜歡他的想像力，
連他說的謊都喜歡，但我不知道
想像力會變成懲罰我的理由。

666，抖內粉絲，20 歲

他總說，創作是很貴的。

雖然詩一下子就寫好了，但靈感要花錢，度假要吃擺盤漂亮的食物，不能拍個排骨便當發限時動態。不能太耽溺，盡量去健身、登山、潛水，總之都是花錢的活動。我問走路不行嗎？他說那樣只會寫出平庸的作品，還不如不寫。古代的作家窮困潦倒，現代的創作者花很多錢，都是一條不歸路。

我升大學的那年暑假，他在直播間的另一端聊天、唱歌、化誇張的濃妝，暱稱是吟遊詩人。動態貼著歌唱比賽、活動表演、粉絲見面會、去同人誌擺攤賣周邊文件夾、馬克杯、抱枕、漫畫、徽章、T恤……有時他直播說沒飯吃，我就買了他十個馬克杯，塞在書桌下，還沒找到機會用，就被我阿嬤通通丟掉了。我說那是我的東西，她說這是她買的房子——她說得對，我沒有資格擁有任何東西。更別說我一直想養狗，不然貓也好，但她說小孩子沒有責任感，不會把屎把尿出門遛狗，萬一看病也是花大人的錢。不能買周邊幫詩人之後，我只能用我爸的附卡打賞，別人刷跑車，我就刷火箭。仔細想想，真正的粉絲不需要有形的證據，我知道自己是他的人就夠了。除了等級以外，身為觀眾的我一樣很少說話，但有些主播看到我進場，開始跟我打招呼。他們都是些勢利的人，不像詩人，在我什麼都不是的時候，把我當自己的妹妹在關心。

第一次跟詩人見面，大家約在簡餐店，幾十個人說要去，結果只有四、五個人出席，大家年紀跟我差不多，都是國高中女生，只有他是最大的。他還是那頭紅色長髮，只是紮起馬尾，披散的時候戴個毛帽也很可愛。

「你是高中生吧？」他問。

「我要升大學了。」可惡，我拿我媽年輕時的衣服來穿，想讓自己看起來年紀大一點，但他一眼就看穿了。

「只有小孩子才會把頭髮塞到眼鏡下。」他的食指輕掃過我的太陽穴，將厚重的鬢角撥出來。我下定決心，下次一定要戴隱形眼鏡。

結束之後，他說如果我們付錢，一個小時一百，就願意陪我們去任何地方。但他的時間這麼寶貴，我不希望他浪費在我們這些小孩身上，他應該去練琴、找靈感，或是休息。結果他降價了，一小時五十元！另一個女生決定去唱歌，我不想輸，更不希望他們兩個更親近，反正阿嬤也睡了，就跟著他們續攤。我一直覺得很奇怪，會有大人為了這一點點錢，跟小孩子混在一起嗎？（根據我的定義，十八歲以下都算是小孩子。）

他的手肘、夜裡解開的長髮、在我耳邊的低語。

一切都是那麼閃閃發亮。

「我最近寫了一篇文章，想給你看看。」我們同路搭公車回家時，他把手機交給我，自己看著另一邊的窗戶。

短短幾天，瀏覽次數已經破百萬。

大家公開轉貼正義的言論，但用無痕模式開啟自己真正的欲望。

這才是沉默的大多數。

我也是，而且很害怕，身體熱熱的，感覺月經要來了，當我意識到的時候，已經用前所未有的力氣夾緊膝蓋。但當他的手放在我的大腿，整個人像是沉進了水裡，雙腳踏不到地，但還可以呼吸。從小，大人就告訴我，不要搭別人的交通工具，但我不知道，公車也很危險。當時的我們在後半車廂，前面擋著座位，後面也沒有人。夏夜涼爽，是適合穿裙子的季節，但裙子的缺點是，他的手放進來也不會有人發現，我後悔沒有穿平常穿的牛仔褲。因為公眾場合不像我以為的安全。我坐在窗戶這邊，一直以為這是世上最好的位置，這座位有最好的風景，不怕頭頂的行李砸下來，不怕粗心的服務員打翻飲料，但也把自己困在無法脫逃的位置。

「如果你害怕，我們可以停下來。」他說。

我很怕，如果停下來，那之後就絕交了嗎？直播的時候他還會跟我打招呼嗎？還是我要去別的直播間，跟別人從頭來過？但在這個世界上，我就只有他了。我搖頭。他的意志可以控制我的身體，我的身體背叛了我的意志。

「不可以隨便相信別人。」他把手收回來收順我的裙襬，讓我分不清他是開玩笑還是認真的。

「你不怕我說出去嗎？」我只能微弱地反擊。

「我相信你不會說，你這個小笨蛋。」他摸了我的後腦勺，梳順我分裂的瀏海，好像剛剛什麼都沒有發生。

要我不相信別人的人，這一刻相信了我。

阿嬤會叫我媽妓女，而且特別討厭我，因為我長得像我媽，皮膚特別白。同學知道我媽是越南來的，也會說我可以買你媽嗎？買你一次要多少錢？在我很小的時候，我爸媽就離婚了，我甚至記不得我媽到底長什麼樣子。現在我沒拿任何一毛錢，而且這個人很溫柔，我如果想停下來就可以停，這樣就不像阿嬤講的那樣了吧？

公車過站，我沒有下車，而是跟著他走。那也不是他真正的家，因為衣櫃裡放的都是女生的衣服。這房間大概屬於我這樣的「妹妹」吧。那個人去哪裡了？她在看著我嗎？用著她的沐浴乳、洗髮乳和毛巾，我變成了另外一個人，專注地控制自己與別人的身體，發出從未發過的聲音，反正她的鄰居也不知道是我。

但回家的路上，我覺得好髒，好想哭。

於是選校時，我特地選了一個離家很遠的志願，這樣就不會再見到他了。

結果秋季剛開學，他被網友抓到盜用國外網紅的度假圖，道歉關了帳號。然後是擺攤賣的同人誌，照理來說這只刷兩百本，很少人看，但他的情節跟某個手寫帳類似，又關了一個帳號。他很不服氣。「抄襲和剽竊的定義很嚴格，要一字不動連續抄個幾千字才成立。要不是我的關係，台灣哪知道有這個人？他現在紅了應該要感謝我啊。」我不知道他這樣算不算承認抄襲，但我也不知道抄襲的定義到底是什麼。我猜那些批評是真的，但誰沒有脆弱的時候？現在是他最需要我的時候，沒了我，他還能去哪裡？

「沒差，關了社群媒體的干擾更好，可以在藝術的路上走更遠。」他說。

問題是，原本有的業配都斷了，他沒有固定收入，眼看就要被房東趕出去。

「來找我吧。」我說。

退了學校宿舍，再加上打工的話，我應該可以幫他支付第一個月的房租。

✳

門檻和薪水最低的是餐飲業，相對地，他們不問我資歷。二度就業、離家出走、太老、太年輕、賭博欠債、抽菸嚼檳榔都可以，我們甚至有讀國中輟學的小妹妹。在熱炒店工作最棒的是員工餐，只要吃飽了，我就很幸福。老闆也讓我帶走剩菜，這樣詩人和我的三餐就有著落了。因為窮得吃不起早餐店，我才開始思考，為什麼早餐要吃麵包，吃飯不也很好嗎？我常常第三節下課就餓了，果然就是吃太少的關係吧。

一起打工的阿姨會合購機能美腿襪、零食、拌醬和各種東西。她的日文很好，店裡只要碰到日本客人就派她溝通。她說，年輕時跟著舞團到日本飯店巡演時，客人偶爾會要求團員喝酒，說不喝就是不給我面子之類。

「那時候我雖然不會講日文，但大概懂一點，乾脆裝傻到底，全部用『是』回應，他看我都聽不懂，很生氣說著你是笨蛋嗎？我照樣擺出燦爛的笑容說『是』。旁邊的人都笑了。拖到菲律賓舞團也來了，那個課長才放棄。」阿姨看起來比我阿嬤還年輕，很難相信她六十歲了，只是丈夫在海嘯的時候過世，現在一個人住。

剛開始，詩人和我都去找工作，但詩人說做超商店員太辛苦、端火鍋被燙到、跑工地就更不用說了……我很心疼，他的才華不應該浪費在這裡，與其擔心他在外面受傷，不如讓他在家裡打手遊。這是平庸的我唯一能幫他的。

領到人生第一包薪水袋，我感覺很踏實，每一個小時都變成了現金，可以吃飯、買盆栽、繳房租，以及全心全意地照顧詩人。那天我特地排了早班，想要兩個人在難得正常的時間吃晚餐，我們卻為了要吃什麼而吵架。我下班已經很累了，吃什麼都好，但他想去的店家沒開，我提議去便利商店，他卻覺得我太隨便。我不懂自己為什麼要這麼委屈，早知道這樣，還不如吃免費的員工餐。

不管我說什麼，他都覺得是錯的。

到了月底，快要繳房租，距離發薪水還有幾天，我問他有沒有存款，結果他回應：「你只關心房租，根本就不關心我！」就那樣在雨天跑出去，消失了好幾天才回來。或許在我不知道的地方，他還有個「妹妹」吧。結果我工作第二個月就跟老闆借錢，保證我一定會工作還錢。幸好老闆答應了，二話不說先發薪水，但他也說：「你還年輕，改變還來得及。」

沒什麼好改變的。

他不懂，有天分的人總是特別脆弱。更不會懂，我想守護這份天賦的決心。

我比以前更常聽音樂，更安靜，詩人懷疑我是故意不聽他說話，看不起他。但我真的戴著藍牙耳機，因為鄰居彈的鋼琴很爛，路面施工不斷，我不想吵到你，除了耳機難道還有別的辦法嗎？他會瘋狂連續傳訊息，但我端盤子洗碗也不能一直看。有一次，我的手機沒通知，於是回去的時候沒幫他買啤酒。這不是Line第一次出包，但我也沒有證據，乾脆刪掉這軟體，他更認為我要擺脫他。（現在想想，說不定有別人用過這個藉口？）那是我第一次想打電話回家，但我不敢。直到清明節的時候，太魯閣號翻覆，我突然害怕了，未來真的要在這裡過一輩子嗎？我會不會回不了家？

我突然懂得別人在想什麼了。

跑馬燈播放著：緊急電話、調度員、崩潰……這串文字開啟了另一個世界，我忽然能想像一個想回家的年輕人，或是害怕孩子回不了家的媽媽，拿起很久沒用的電話，撥打那支緊急專線。

如果沒有手機導航，我們常常不知道自己到底人在哪裡，是飛往世界彼端的航線，還是某個亮亮暗暗的隧道？要不是這次事故，我也不會打開手機的「指南針」，那下面有精準座標。

原來我實實在在地，在世界的這個位置。

我們無法避免意外，但可以學會求救，不能任由身邊的人或是自己沉默地死去。所以我下載了「一一〇視訊報案」、「一一九消防報案」，萬一不能發出聲音的時候才能求救。一一二則是在沒有訊號的山區使用……

「我可以理解，他們為什麼一直打電話給鐵路公司。」我說。

「這是不對的。」詩人說。

「我知道這不對……」我只是要說我懂，而且我們應該練習報案，不然遇到了也說不清楚，如果救援早幾分鐘到達，是不是能有更多人獲救？但我沒機會說出自己的想法，詩人說：「我告訴你，這就是不對。」

我覺得好笑，為什麼要用「我告訴你」當發語詞，我又沒重聽，當然知道你在跟我說話啊。而且如果你仔細聽我說話，我說的是我可以理解，又不是我現在就要打緊急電話。但不練習的話，誰記得緊急的時候要怎麼求救？

「這是不對的，絕對不可以這麼做。」他根本沒在聽，只是習慣性地反駁我。

算了，別人的事，我幹嘛這麼認真？但我想說這件事，是因為我想保護他、保護所有人，所以我轉了一個彎。「你說得對，他們是錯的，但教育很重要，學校可以安排一堂課，大家互相排練……」他漫不經心地聽我說，通常我自己講到一半就會自討沒趣，但這次，我意識到說不定可以寫下來，就像他匿名發表那樣。

結果，竟然真的上報了。

詩人笑我是新手運，而且現在讀者不看報紙，登在家庭副刊有什麼了不起？這種東西玩玩還可以，但文壇很複雜之類……他訓完話，吃完了我用稿費支付的鐵板牛排，想要看文章，我怕他不喜歡，但又抱著一絲希望，給了他連結。他讀著讀著，臉色越來越凝重，我以為是我寫得不好，髒了他的眼睛（他常常這樣形容別人的作品），但比那更嚴重。

「你偷了我的故事。」他說。

那是一個非常普通的設定，所以我不懂為什麼他認為我偷了他的故事。他跟我不一樣，看到什麼都會評論一番，政府官員的發言、長得很醜的路人、邏輯不通的評論等等……難道這些東西我都不能寫嗎？我不知道這樣算「偷」。但既然他認為這是他的故事，我願意道歉。但道歉也沒用，因為點子用了就是用了，根本沒辦法恢復。但我整篇的重點都不在那裡，而且副刊就像他說的，應該沒多少人在看吧？但我不管怎麼解釋都像狡辯，保持沉默，才不會說錯更多話。

「如果你尊重我，你可以先問我。但你沒有，只是裝作一副愛我的樣子，跟別人一樣想利用我。」

他說完，騎著機車走了，把我丟在半小時車程之外的夜市。

我應該打電話請熱炒店的朋友來載，可悲的是，我的手機被電信業者停話了。

這都是我自找的。

我好不容易有了詩人，就像把流浪的小狗帶回家，但我忘了狗也會咬人，可以在你不留神的瞬間就拋棄你。

回家的路上經過平交道，鐵軌冰冰涼涼的，平交道旁有緊急電話號碼，之前我就把那個號碼記到手機，想著也許有一天會打，但只有很緊急的時候。

現在應該就是了吧。

坐起身，走近告示牌，打開指南針，深呼吸，確定了自己的座標。但我不知道要把這個資訊發給誰。

我撥打各種緊急電話，線路一直沒有接通，這個時間一定也有很多人需要幫助，但他們不知道自己在哪裡，不知道自己有沒有流血，甚至忘了自己的名字。

電話接通的時候，我沒有說話，但我發誓，我再也不寫了。

我會按時繳手機費、房租，經過別人同意才吃飯——我自己走路回去，開了門，就像什麼都沒發生，詩人打他的手遊，連招呼都懶得跟我說一聲。

那之後，我有了新的稱呼，他不高興就會叫我「大作家」。雖然報紙印了那篇文章，但我拜託主編把文章從網站撤下來，主編不懂我的原因，但是他撤了，還鼓勵我要繼續寫，有新的稿子都可以隨時給他。如果主編臭罵我一頓就好了，那我就更有理由不寫了。

我害怕，怕寫了什麼被發現，害怕打字。每寫一件事，我都必須自我審查，這是不是跟所有人「無關」？就算只有一點點奠基於現實，就算是好的也不可以。就算我只是發個限時動態，詩人都覺得是諷刺。我曾經非常喜歡他的想像力，連他說的謊都喜歡，但我不知道想像力會變成懲罰我的理由。

忘了過多久，主編問我要不要寫一篇文章，題材不限，我怎麼寫都可以。我想寫，但我不敢請求詩人的允許，他一定會說「你想寫什麼就寫什麼啊」，又想盡各種方式取笑我。如果我用自己的電腦寫稿，光是打開Word程式就很恐怖，一看就知道我在寫什麼。我試著用手機，悄悄地寫一封未知收件人的郵件。

我跟詩人說我去散步，其實都在便利商店寫稿，安靜地點杯飲料，盡量不造成店員的困擾。大家在花蓮做的那些事：熱氣球、立槳、登山、泛舟、溯溪……我都沒做過。平庸也沒關係，光是不被他發現我在創作這件事，我就覺得很安全。

一個女孩、一隻狗，在山裡生活。

就算我取了筆名，再三確認虛構的這個世界絕對沒有他的存在，但他還是發現了。

「你寫我，以為我看不出來嗎？」

我放棄爭辯。也許他說得沒錯，我在潛意識就是這樣看他。就算我不寫出來，就算我徵求他的同意，也無法改變我的看法。他一開始就說過，只是我沒真的聽進去。

「不可以相信別人。」

我道歉了，下跪了，因為這是他唯一會接受的方式。

不可以相信別人，包括他，我要相信我自己。

但我還能去哪裡？

休學之後，我跟社會唯一的連結只有熱炒店。跳舞阿姨聽了我講得零零落落的故事，嘆了口氣。「我老公根本沒在海嘯死掉，現在活得好好的。」

其實是她離家出走，還鬧了很大的新聞。

事情的開端是，三一一地震那天下午，她帶著防災包跟鄰居一起疏散，而離海更近的道路都斷了。後來才知道她的日本丈夫逆向從公司回去，直到過不去了，才跟著人潮來到避難所。

電話一直打不通，兩個人卻在避難所的廁所前遇到。「他沒問我好不好，只關心我有沒有把房地契帶出來。」為了這件事，他們不說話了三天，連排隊吃飯都各打各的。「他這麼關心房子，倒不如在回家的路上死了，也比房子要倒不倒的好。」

住的地方成了危樓，她乾脆逃回台灣，兩人分居了很長一段時間，想不到丈夫退休後竟然也要來台灣，而不是跟他和前妻生的孩子住在日本。她想不出理由拒絕他，只知道自己過了兩年的好日子就要結束了。但好不容易從海嘯生還，她該對得起自己的人生。所以，她決定和家人串通離家出走，心想丈夫找不到她，等到簽證到期，就會返回日本。她錯了，丈夫大張旗鼓，上遍各大電台、電視節目。有人推測她被魔神仔牽走、有人說是失智、有人擔心她被綁架販運……

阿姨找出她的網路新聞。

「飲料攤前面是我被監視器拍到的樣子，被他輸出大圖貼在行李箱，一邊環島一邊找我。幸好那些衣服我都丟了，頭髮也剪了，不可能有人認出來。」但大家喜歡外國人愛台灣的故事，也沒去日本公司查證，就這樣整篇登出來。最後不知道是怎麼辦到的，他的簽證延長了，甚至在台灣定居下來。

阿姨這一躲就是好幾年，其實台灣的家人都知道她在這裡，只有那個丈夫不知道。

練習的機會到了。

我出門上班，把必要的東西一點一點搬出去。最後一夜，確定詩人睡了，我捲起平常用的床墊，連夜逃走。因為他不能跟人同床，別人翻身他就會睡不好，所以我睡客廳，他睡房間，就成了我的轉機。當我下樓，阿姨已經拿著胡椒噴霧等著。隔天，詩人發現我不見了也不接電話，跑來用拳頭搥店裡的牆壁，失控的程度跟偶像劇一樣浮誇，結果老闆拿菜刀罵他，他就夾著尾巴逃走了。

「你別怕，這種人就是欺善怕惡。」老闆說。

唉，我怎麼會愛上這個人呢？

過度地崇拜天才，卻不知道天才是什麼，反而讓他有了藉口貶低我。仔細想想，他從來沒有認真創作，也不在乎我在想什麼，就連我看過的那些文章，說不定都不是他寫的。至於店裡的這些人，他們跟詩人完全不一樣，不讀任何書，理所當然不看我寫的東西。我也不必提心吊膽，自己做錯了什麼。如果有錯，他們也會直接講的。

「我可能會寫到你們，有人要看嗎？」我每次寄出文章以前，都會徵求大家的同意。

「那都是假的啦。」

不讀書的人，有一種無知的堅強，也讓我覺得很自由。沒有人知道我寫了什麼，在這裡，我可以成為任何人。

愛的換物論

再珍貴的東西，
如果有了不必要的意義，
那還是放棄算了。

林崎漣，換友，31 歲

「沒有我，你也會過得很好。」他分手的理由是：「但她很脆弱，不能沒有我。」

劈腿的理由要說得這麼理直氣壯，他也是不容易。

但他也沒說錯，要離開一年半的戀情，住了十多年的台北，我只花了兩天打包，包括他前女友留下來的瑜伽墊。一開始我以為他練瑜伽，用到這麼高級的品牌，結果是前女友包好要賣的，我用了幾次，忍不住問他：「那個可以給我嗎？」

「當然可以，我不希望我的房子變成她的雜物間。」

搞不好我在他眼中也是一種雜物。

半年後，前男友說要復合。「還是你比較好。」我想，我才不要，老娘在這裡好好的，何必跟你回去受罪，我是笨蛋嗎？重點是，我根本不喜歡大城市，還死皮賴臉住這裡，那不是很蠢嗎？

分手之後，我回到澎湖老家。大學畢業之後，就沒在馬公住過這麼長的時間，感覺就像出國一樣。雖然澎湖也是離島，但澎湖人很容易融入台灣，也很戀家，不然哪來的〈外婆的澎湖灣〉？我們不像金門人那麼拚命外移，在東南亞宗親會常聽到金門會館，但我是沒聽過什麼澎湖會館。

爸媽幾年前就說了，阿公去住安養院，讓我去住那間透天厝。等我辭掉台北社群小編的工作，回鄉到了一家傳產公司，跟之前工作最不一樣的就是，準時上下班。不必繳房租以後，我還是習慣自動扣繳定存，維持最低可支配所得，誰知道這公司能撐多久呢？雖然薪水不高，但能存下三分之二月薪，看到存款數字快速上升，我才發現這一切不是夢。這個公司沒人關心我穿戴什麼，沒人嘗試最新的妝容，老實說我也覺得不重要。

疫情期間，公司放起了無薪假，往外跑也怕危險，無事可做，我決定打開帶回家的紙箱，那裡面像是平行時空的自己——如果我跟他繼續交往，也許會跟著他調去新加坡，吃米其林餐廳，喝酒喝到兩、三點，但隔天早上還是能美美地上班，下班就去健身。再過幾年，或許為了小孩要擠進國際學校而煩惱。前男友送我的東西都很貴，香水、皮夾、手拿包、保養品、平板電腦……此時不賣，更待何時。

伯爵茶與小黃瓜香水，如果留著包裝的話，應該可以賣個不錯的價錢。問題是，我那時以為自己會成為噴香水的優雅女子，所以把包裝帳單都丟了。結果香水還沒用完，戀情就結束了。當然要用完也不是不可以，但何必呢？

香水一上線，就有人傳她們的交換相簿，讓我挑選想要的東西。

有一本我一直想讀的書。

雖然網路交換才是主流，但換友跟我住得很近，似乎是個最近才搬來的單身女子，從事翻譯、塔羅和身心靈工作，名字叫小路。難得有年齡相近、可能聊得來的朋友，我不想錯過機會，反正現在下班也很閒。週末，我們約在中正路的咖啡店，換物兼聊天。小路說她想換個城市生活，反正多半是遠端工作。她住過倫敦、巴黎、花蓮、台中、台北……每隔幾年就會換個地方。在家工作特別需要儀式感，穿上工作服，噴上香水，就是她一天的開始。她的年紀應該比我大十歲，我也不知道到了她的年紀，有沒有勇氣重新開始。想不到疫情爆發了，鄉下反而成為最安全的地方，如果我們還在台北，大概不可能約出來見面，連換來的物品都擔心有病毒吧。

她帶來的《純真博物館》，還有伊斯坦堡的戳印——那表示這本書坐了兩次飛機，這種東西真的可以給我嗎？

「這是前女友的書。」

「這樣的話，我很樂意收下。」我說。再珍貴的東西，如果有了不必要的意義，那還是放棄算了。我的前男友，換她的前女友，沒有比這更好的交換了。

小路教我怎麼拍照、怎麼建立相簿、理解全家大杯拿鐵其實是替代貨幣、使用特定方式免費寄取貨……換物的最高原則是不花錢，就能得到想要的一切。「在換物的世界裡，什麼都換得到。」就連她在馬公住的這間公寓，也是朋友的房子。看著她在異鄉活得自由自在，認識的人搞不好比我還多。如果有所謂的理想生活，大概就是她這樣子吧。

過了三十歲以後，我發現很多事沒做也沒關係，做了也沒用。剛到台北的時候，我才十八歲，有一張長長的夢想待辦清單，像是跨年看日出，一群同學約了上阿里山，但三點半就要起床，有個同學說她要繼續睡、不看日出，等我們回來一起吃早餐就好。那時氣溫很低，就算穿了兩層襪子都冷，我也好想賴床，但心想機會難得，人都來了，這輩子就這麼一次。結果大家擠在山頂等日出，冷得要死，雲太厚了，什麼都沒看到。回到民宿時，我真心佩服那個睡覺的同學，不知道她現在怎麼樣了，應該是堅定地走在自己選擇的路上吧。另一次也是跨年，每年跨年幾乎都有寒流，但我還年輕，可以吃完麻辣鍋跟朋友倒數煙火，整夜不睡去升旗，結果大清早全擠在台大醫院捷運站，連總統府都看不到。總之，這些事不做也沒關係，以我的個性來說，大概是不做比較好吧。

換物打開了一個新世界。名牌包換貓飼料、衛生紙換鋼筆、衣服換書本、健身車換窗簾鉤、限定版紀念隨行杯換面膜、補習班白板換大杯拿鐵……什麼奇奇怪怪的都有人換，像垃圾的東西也有人要。我點進這些人的動態時報，觀察他們的生活，思索他們的價值觀。在這裡，價格沒有高低，換友彼此支持。如果小路做了好吃的，會直接掛在我家門把。我則是把公司團購的東西，投進她信箱。

二〇二一年五月疫情復發、學校改成線上課程，我連很久沒用的筆電都拿去換。那個換友是家庭主婦，因為孩子需要電腦上課，就拿她以前珍藏的古著來換，反正她現在也穿不下。我們從頭到尾都沒見面，只是互傳訊息，到她家社區底下的警衛室取物，省去了約定時間的麻煩。

當自己的東西快換完了，我開始探索這間透天厝。

這是一間四層樓，加上地下室的老房子，屋齡超過五十年，前後養了三代人，我哥哥在這邊長大，直到我出生之後，爸媽才搬出去。其他表哥表姊也在這裡住過，後來移民到其他國家。這幾年阿嬤過世，阿公在南部跟著舅舅住，我回來的時候像鬼屋，木頭地板被白蟻吃光塌陷，神桌也荒廢蒙塵。

這一切，屬於我出生的史前時代。

過去只是來這裡過暑假，沒想過自己可以決定這一切。我打開每個抽屜，確認這裡到底有什麼。阿嬤的訂製套裝，在她過世之後，還是用塑膠袋裝得好好的。但樣式這麼老派，連我都不想穿。阿公的檀香木、紫水晶和玉石盆景。舅舅的故障真空管擴大機。筆友寄給我媽的情書，還有自己的照片。堂姊在她的國小課本畫了美少女戰士，我都忘了小時候她想做個漫畫家，每次都會畫我喜歡的角色給我。傳訊息問她還要嗎？她說根本就忘了。記得她想成為漫畫家的人，這世上看來就剩下我了。我們倒是聊了一些別的事情，她勸我要好好把握單身好日子，像她就是太早結婚了都沒玩到，但我也不覺得自己有玩到什麼。

最頭痛的是客廳的木製太師椅。我有印象以來，大家寧願坐在地上，也沒人要坐硬邦邦又不合人體工學的椅子。最後，太師椅、衣櫃跟神桌一起送給了木匠父子，他們先來確認木料，隔週雇用了一台吊車，自己拆下窗戶，把神桌從四樓吊出去。連香爐都一併處理。其他的工會泡茶組、舊家電、家具、保溫瓶全換出去，請大家幫忙打掃，一個鍋子換三個小時的勞務。

尋找、拍照、標價、交換。

有時我太累了，小路會代替我運作這套循環系統。

社團裡很多妖魔鬼怪，要了東西不拿，或送來的不是當初說好的。網友還分享過，有人面交連招呼都不打，把自己帶來的東西放地上，然後搶了物品就跑。鬼打牆的訊息也有，一個好好的鬆餅機，就是送了三次都送不出去。

這種時候，就要丟垃圾車了。

我知道很浪費，但賣不掉、送不出，幾個月都停滯不前，也只能狠下心。市場多猖狂，後景就多淒涼。沒有她，我絕對做不到把東西都扔了。殘值在台幣一千元以下的物品，直接丟了比較快。

我早就該這麼做的。

回過神的時候，我已經半年沒買衣服了。

紙箱裡最後換出去的，是一張全新的野餐墊。

開始換物之後，我沒什麼想買的東西，但在家就像逛街一樣，會巡視自己住的地方，客觀地問自己：「我會花錢買這個東西嗎？」如果不會，那就離開我的生活吧。

解決這張墊子，整個紙箱就徹底空了。

或許，再給它最後一次機會？

「你想去野餐嗎？」我傳了訊息給小路。「我有一張野餐墊，但從來沒用過。每次打開紙箱，就覺得自己辜負了它，沒帶它上山下海，掛在拍賣網站又賣不掉，要我丟掉又覺得沒壞。」

「我懂，那我帶三明治和點心。」她說。

「我帶酒和杯子。」這是不會做菜的人，唯一的選擇。「當然還有野餐墊。」

花火節的某個週三傍晚，我們坐在海邊堤防的草地，看著地平線另一端的煙火。

接近夏天的澎湖，不那麼冷了，只要抬頭就可以看見星星。

「我一直夢想可以這樣躺在地上，只是沒人會陪我做這件事。前男友總說，草地到處都是狗屎地雷，不然就是ＰＭ2.5，不想變成人體空氣清淨機，反對我的提議。終於有一次，他的朋友約我們去露營，我下單買了野餐墊，心想這次絕對用得到。結果他們竟然訂豪華露營車，有主廚在外面搭帳篷烤牛排，躺在露營車就有天窗看星星，誰要坐我那可憐的野餐墊？」

「所以，現在算是夢想成真了嗎？」她說。

「算是，想不到我的夢想真的這麼無聊。明明在家裡陽台也可以做一樣的事。」

「但旁邊不會有這樣的人。」她說。

我轉頭看她，整張臉在煙火下一閃一滅，但是一直看著我。忽然覺得，我那麼斷然拒絕復合，說不定是因為她的存在。除了書以外，我記得她換掉很多前女友的東西。那些東西她搬家都沒丟，卻一點一滴流到我這裡來了。她們分手多久了？她還愛著她嗎？她們有可能復合，然後明天就飛到別的地方去生活嗎？那樣的話，就沒人會陪我決定，一樣東西到底要不要留下來了。

「為什麼你前女友有這麼多不要的東西，讓你換都換不完呢？」

「我以為你永遠不會問這個問題。」她笑的時候，像一隻土撥鼠。

「一開始的那本書是她的，但她只留了那本書而已，其他都是我的。」

「為什麼要騙我是她的？」每次換到手的物品，我都會花很長的時間思考，她是個怎樣的人，為什麼可以把物品條件保持得這麼好？害我覺得壓力很大，買了東西就要保持全新的樣子。

「因為說是前女友的，你一定會開心收下。」

「就算我不需要，但知道自己能幫助別人掃除陰霾，我當然會很開心啊。」我說。

「所以我才買這些東西給你。」

原來從頭到尾都不是換物，而是收了別人希望我擁有的東西嗎？我有點錯愕。

「你玩過動物森友會嗎？」她問。

我當然玩過，還沉迷了半年多。這是一個玩家搬進村莊，與擬人化動物做朋友的遊戲。遊戲裡有一個技巧：如果某人家裡有你很想要的東西，你就盡量送禮物給對方，這樣他就會把自己家裡的東西清出來，甚至送給你。

「只要說是自己不要的，就可以順理成章地送你，你也不用心裡有負擔，想著要回報我什麼。可以照顧我想照顧的人，又順便出櫃，這樣不是滿好的嗎？」

「你該不會這樣對很多女生吧？」

「怎麼可能！」她說。「我只是看了你想要的物品清單，覺得你很有趣，想多認識一點而已。」

這樣迂迴的好意，我竟然到了現在才知道。以後也不可能裝作不知道，繼續換下去。更重要的是，不會再有人這樣對待我了。這三十年來沒有，以後也不會有。支持著你，陪伴你做想做的事，不去評價你所沒有的事物——那我沒事滑交友網站，不是浪費時間和力氣嗎？我不再年輕，願意修正自己，配合別人的需求。或許我的時間不多了，想做的事就趕快做。

「我們交往吧。」我說。

她說不出話來，沈吟了好一陣子才說：「你確定嗎？」

「確定。」

「為什麼？」

「遇到了你，我想，我們說不定可以走得很久。」這個人一定可以理解我，有共同的興趣，在一次又一次的試煉中，讓我明白理解自己喜歡什麼，不喜歡什麼。而眼前這個人，從來不攔著我，也不強加什麼給我，而是耐心地守候我的決定。

我喜歡她的笑，也喜歡她不笑，喜歡挽著她的手，喜歡她對這個小地方的好奇心，喜歡看她做了太多吃的而苦惱……我喜歡的這麼多，理由應該很充分了。雖然知道同性婚姻合法化了，我卻沒認真考慮過跟女生交往？都三十歲了，竟然還有我沒嘗試過的事物，就算一次也好，絕對不想錯過這個人。就算這段戀情失敗了，把前女友的東西換出去就好了，對吧？

「我也不需要這個野餐墊了。如果你願意到我家陽台，兩人一起看星星的話。」

「或是來我家拿那些，本來就要給你的東西。」她說。

所以我們去了她家。

雖然不管我們去哪裡，都是一樣的。

隔天，我毫不留戀地替野餐墊拍照上傳，跟換友講定，我們要一雙拖鞋，放在她家。未來或許還需要多一支牙刷、一顆枕頭、一張椅子……永別了，失敗的戀情。我早就該決定的，其實我一直有其他選擇。離開的物品、可靠的戀人——在換物的世界裡，什麼都換得到。

家電
是天賦人權

為什麼陪小孩是媽媽的工作？
其實除了受精，養孩子的過程
從頭到尾都不需要爸爸。

劉蒨，單親媽媽，45 歲

「我可以娶你。」

小玉米的爸爸是演員，有時能看到他的名字，但收入不穩定，所以平常在咖啡店兼差。玉米爸二十歲就結婚，那時候他太年輕了，又想讀書，結果沒多久就離婚，留下一個兒子。他不需要我為他生兒育女，我們的交往也沒什麼壓力。

小玉米出生前，我過著文藝女青年的生活，每天看電影，朋友都說我是仙女。小玉米的爸爸小我四歲，那時候我已經三十八歲，沒想到自己會懷孕，於是問題來了——懷孕了，那我們要不要結婚？

「跟我結婚，說不定會影響你的事業，算了吧。」我說。雖然他不算是偶像明星，但名字說出來可能有人會知道，我們兩個的討論就到此為止，反倒是他們家的人堅持要我回去，因為那是陳家的孩子。我想到我媽就是冠夫姓，總說她生是夫家的人，死是夫家的鬼。我爸不知道外遇了幾次，我媽就忍著，要在牌位占據「劉太太」的位置，所以我根本不信任婚姻。上一次分手以後，我就下定決心，如果有了小孩，我就自己養。畢竟我身邊的朋友結婚又離婚，不然就是結婚離婚又結婚，何必麻煩呢？玉米爸自己都不知道有多少贍養費要付，而且他幫我省了凍卵人工生殖的工夫，我夠本了。作為未婚單親媽媽，仙女有自己帶小孩的方法。

不結婚、跟我姓，我要小玉米徹頭徹尾是我的小孩。

我不結婚，他們也沒辦法，最後就讓步了。我以為他們只是說說，說不定心底懷疑這孩子是別人的，但他們確實把小玉米當作自家小孩，不管她的性別、不管她的名字，小玉米滿月那天，他們帶著我和孩子去銀行開戶，存了二十萬，帳號密碼也交給我，這是他們守護孩子的方式。

我懷孕時住進了他們家，因為有一次見面吃飯，玉米奶奶說，她會把我當自己孩子看待。「讓我們照顧你。」那時候我聽到這句話竟然哭了，一方面是太累了，孕吐嚴重到什麼都吃不下，爸媽又遠在國外。尤其我是高齡產婦，生孩子有更多風險，流產、糖尿病、妊娠毒血……越是認真研究越恐怖。我退租套房，住到他家去。想不到與人同住的公寓生活，才是真正的考驗。

他們家公寓在低樓層，所以很昏暗，他家的人又節儉，白天不開燈，我去個廚房都怕自己會跌倒，回來發現房間的燈被關了，他媽媽一定覺得我習慣很差，不隨手關燈。但我從十八樓搬來，又不熟，真的看不到屋內擺設，他家東西又多，我常常撞到手腳瘀青。

玉米奶奶整理了家裡的主臥室給我，讓我有完整的衛浴。雖然我不是嫁進來的媳婦，但他們還是讓我帶「嫁妝」，單身的我就有了傳說中的婚姻三機，他們非常吃驚，只是為了小玉米，他們概括接受了。他家洗衣機本來就會漏水，奶奶常常手洗衣服，趁機換我的洗脫烘，這個沒事。但掃地機器人進了他家也沒用，地面堆了雜物，機器人會吃到電線，東西倒得亂七八糟。洗碗機被安置到陽台，雖然不在水槽旁邊，路途遠了一點，但至少眼不見為淨。

「像這樣，沒洗的直接丟進去，晚上再一起洗就好了。」我說明洗碗機的用法。

「這樣會花很多水電嗎？」

「一顆洗碗錠兩元，開一次洗碗機電費不超過兩元，用水比手洗還省。」我把業務員的數字原封不動交給奶奶，其實大家也不會去確認自動扣繳的水電費，純粹是害怕嘗試新事物。奶奶聽了我的說明，點點頭就接受了，我才放下心中大石，畢竟我連自己的媽媽都無法說服，她總是說兩個人用不了多少碗。但看看這個家，更占空間更沒用的跑步機、倒立機、按摩椅都買了，大不了把洗碗機當碗架也行。奶奶後來比我還會，放進更多碗盤也能洗乾淨，這台機器最後也證明了，它比我有貢獻。

恨不相逢未嫁時。

奶奶看到鍋蓋、茶壺、抽油煙機濾網被洗乾淨時，應該是這種心情。總之，這個家沒有女孩子，只有奶奶一個人做家事，玉米爸和爺爺的碗盤杯子吃完就擱著，如果願意把東西放進碗槽，那就是天大的恩惠了。很誇張的是，我有次在衣櫥發現喝乾的咖啡杯。我也注意到，奶奶每次洗手，就要「順手」洗碗，不然碗槽有東西會被唸，一整天下來手不知道接觸了多少次洗碗精。她堅持把洗好的碗放四十五度角晾乾，否則以台北這種天氣，隔天還是濕的。說到這，為什麼大家寧可用髒兮兮的烘碗機（真的有人會洗那機器嗎？），而不是更便宜的碗架，這我也百思不得其解。

「我就是太好命了，才得富貴手啊。」奶奶跟我這麼說過，但有時想親近我時則說：「你真是個小仙女。」

能救一個是一個，我不求家裡兩個男人良心發現，而且玉米爸也不是不會洗，他咖啡店的杯子亮得很，連水漬都沒有。但他就是很少進廚房。我對於廣告都是媽媽需要洗碗機很感冒，尤其是母親節特惠影片，廣告永遠是一個少婦與兩個孩子在整齊的家中，旁白說明有了洗碗機以後，媽媽就有更多的時間陪伴小孩——為什麼陪小孩是媽媽的工作？其實除了受精，養孩子的過程從頭到尾都不需要爸爸。但這種刻板印象的廣告，令人痛心地寫實。新冠肺炎加上缺水那陣子，洗碗機更是主婦的救星。

性別平權，從家電的角度來看，可能還很遠。

與其說是性別，不如說是人權。

現在沒人會說家裡不用洗衣機，但這個家裡還要奶奶手洗爺爺的汗衫，我就奇怪阿伯的貼身汗衫有多脆弱？在美國，只要是普通收入以上的家庭，連套房都有一台洗碗機，但現在都二十一世紀了，台灣資產階級請得起月嫂的家庭，都不一定會買。「日本也沒有啊……」有人可能會這麼說，但我們要跟這種地方比嗎？就連我一個自食其力的單身女性，要買九十公分寬的洗碗機，同事都勸我要想清楚。

說到底，這就是一種歧視。

你的想要是「需要」，別人的需要就只是「想要」。

反正有人洗，何必用機器？

網路還有鄉民說，洗碗可以跟物品培養感情，但家裡到底是誰洗碗？是誰需要培養感情？做出這種推論之前，你先培養你的邏輯思考能力吧。當然，我有個男性友人身為客家長男長孫，從小沒做過家事，但一洗碗就愛上，雖然我不懂他的樂趣，也不想剝奪他的成就感，世界上確實有這種人。我年輕的時候也愛蒐集國外骨瓷、日本陶燒，後來發現宜得利就夠了，我雖然是仙女，但品味沒那麼講究。

孕吐停了之後，我沒有網路說的那些不適。壯得跟牛一樣，常常忘了自己是孕婦，跟著他們家族去旅遊，有爺爺奶奶、玉米爸、他弟弟一家、姑姑一家，三台車出遊。那次是去風景區，但他們帶了好多東西，感覺像逃難疏散。老一輩的人出去玩，竟然要在涼亭煮麻油雞，我的天，哪裡沒有麻油雞？小吃攤、透天店面到處都是，但這個家族的女人自動自發，切薑絲、買麻油、鹽巴，她們怕我一個人不自在，就安排我去取水——要一個孕婦端一鍋水從公園廁所走過來涼亭嗎？

其實奶奶做菜很難吃，煎魚會變炒魚鬆、雞肉也要熟不熟，畢竟一台卡式爐在寒流撐著，真的是難為它。我總懷疑奶奶是以健康之名，掩蓋她討厭做菜之實。大家吃得少，也就要求少。既然如此，何苦為難自己？後來我想了想，爺爺是要奶奶煮，公開地煮，給姑姑一家看他們妻賢子孝，全家和樂。難怪那些女性長輩不喜歡出去玩，一說要出門就腰痠背痛，因為她們去玩比在家還累。

她們那個時代，連「放棄」的機會都沒有。

同行的小堂妹過年都不回家、返鄉投票也不過夜，但這次竟然跟我們出來玩。但忘了是什麼事，姑姑被姑丈唸了一頓，小堂妹忍不住出來主持公道。小妹妹你太年輕啦，你一年三百六十五天在這裡待幾小時，何必破壞他們老夫老妻打是情、罵是愛？挨罵也是一種存在感。殊不知很多老太太抱怨先生會打呼，但真的分房睡了，又疑心對方去哪尋花問柳。

我在他們的家庭聚會，像是一根刺，有人叫我陳太太、大嫂，我就說我姓劉，可以叫我小倩。因為我跟玉米爸沒結婚，陳太太擔當不起。他們就說，這樣小孩沒爸爸不是很可憐？對此，做過政治人物發言人的朋友幫我擬定了一套說法：小孩不是沒有爸爸，只是我沒跟她的爸爸結婚。小玉米出生以後，也很懂事，知道我們跟其他人不一樣，她會解釋男生跟女生不一定要結婚，女生可以跟女生結婚，說得那些大人無話可說。當然，做個單親媽媽很辛苦，要面對陌生人自以為是的質疑，我不要求別的單親媽媽跟我一樣隨時隨地「出櫃」，但我還是想打破這個單一想像。

後來陳家就不約我了。

還是跟朋友出來露營多好啊，有管家、主廚和司機。

Glamping，中文是奢華露營，其實跟飯店住宿差不了多少。但難得的假期，誰要手忙腳亂地搭帳篷、煮飯、催小孩上床——那不是我們平常在做的事嗎？我年輕時，體驗過登山社的紀律生活，連男生都很驚訝我收拾背包、洗澡、上廁所速度之快，那只是因為我會把流程全部在腦裡想一輪，上廁所攜帶頭燈、衛生紙、夾鏈袋和乾洗手，洗澡就把乾淨衣物跟盥洗用品放一起，睡覺也一樣，不然航空公司幹嘛給你過夜包。優化流程比快速行動更有效，但這需要思考，很少人願意思考這麼「無聊」的事。到了這年紀，我稍稍明白了，越是被視作「無聊」小事，背後必定有某種禁忌。所以現在的我，只要 Glamping 就夠了，雖然兩天假期就花掉我半個月薪水。我們此行的旅伴，全都是姊妹淘，前幾年一窩蜂想生孩子、想結婚，但現在是想逃避老公，於是全力促成這場露營。小孩在草地跑到累，大人看露天電影院，雖然那多半只是背景音，小孩出生之後，我幾乎沒有兩個小時的空閒，看完整部電影。就算是連續劇都沒辦法坐下來五分鐘，下次再進來，已經不知道劇情到哪裡，難怪婆媽劇都要重複再重複。還是露營好，我們只要茶來伸手、飯來張口，安靜不受打擾地在湖邊走一走。

錢能解決的，果然都是小事呢。

小玉米出生之後，我決心請人打掃，因為家裡實在太危險又太髒，我撞傷就算了，我的小玉米絕對不行。兩個禮拜安排四小時家事服務，還在我能力範圍。但奶奶極力阻止我，說她會想辦法，結果就是把雜物堆在我看不到，但她也找不到的地方。

「為什麼我出錢也不行？」我說。

「家醜不可外揚。」

我心想，你也知道家醜啊……錢可以解決的事都是小事。錢不能解決的，就是革命了。我們擬定計畫，分頭進行，奶奶跟爺爺出去玩一天，我們就派人來打掃，這樣進行了兩個月，爺爺回來都很開心，稱讚我是個好媳婦。我一般會吐槽說我沒跟你兒子結婚，但看他這麼開心就算了。玉米爸也輕鬆了，覺得大家既然親身體驗了服務的好，那坦白講也沒關係吧。

「沒有啦，這是請人掃的。」玉米爸說。

「幹嘛浪費錢？家裡髒一點又沒關係。」「這是我家，我愛怎樣就怎樣！」

玉米爸，顯然不夠了解他爸爸。問題不在客觀條件，而是這一切是「誰」做的，雖然錢是我們兩個對分，但那之後就很難勸老人家出門超過四小時，爺爺總懷疑有陌生人要來家裡。他可能覺得自己由內而外、徹底地被否定。爺爺的囤積症更嚴重了，我每次優化家中動線，空出來的地方就會迅速堆東西。

最後，垃圾是我搬家的引爆點。

平常垃圾是奶奶丟，但她那陣子膝蓋開刀又帶著孩子走不開、我上班加班趕不上垃圾車、玉米爸在外地拍片，雖然很健康但跟死了沒差別的爺爺也不會高抬貴手——結果垃圾好幾天沒人丟。家事服務的計畫如果沒失敗，我打算加強到一週一次加丟垃圾。爺爺不管怎麼說就是不分類，還相信那些清潔隊員把資源回收燒掉的假訊息，但我想，他就是懶，不想去理解，就拿個對自己方便的說法。

這是公寓生活最大的悲哀。

有錢能使鬼推磨，仙女有錢清不走垃圾。

政府為什麼不解決垃圾問題？就連垃圾集中處都很低調，疫情能宣導，怎麼不好好處理垃圾問題？每次看到新聞有人包好垃圾，甚至裝了垃圾專用袋，拿到捷運站或百貨公司垃圾桶，我其實不覺得可惡，他們唯一的錯就是趕不上那幾分鐘。他們付了垃圾處理費、盡量不造成髒亂，為什麼就要被批評是沒公德心？如果不是一家人的垃圾這麼大包，我一個人住的時候也都分批塞在漂亮的紙袋，假裝成剛拿到的禮物。我不懂，我們的稅金去哪裡了？為了「不落地政策」，有必要付出大家的時間嗎？讓一堆人在疫情期間的路口群聚嗎？清潔人員傷殘[1]、染疫，難道不夠嗎？更別說民眾追趕垃圾車被對向來車撞倒、自摔、老人被後退的垃圾車輾死……以前有人亂丟垃圾、不分類丟路邊，但現在到處都是監視器，要抓不會抓不到。

關鍵的那一天，我答應要早點回來，但那是雨天，公車慢了，而垃圾車快來了，我到家根本來不及。

「對不起，我聽到聲音的時候才下來……」腳痛的奶奶拎著三包垃圾袋，兩包廚餘。

垃圾袋拿回去就算了，但我被長蛆惡臭的廚餘打敗了。

隔天是星期三，停收垃圾，所以我們還要忍兩天……

「沒事的，廚餘給我。」

「下雨了，我們拿上樓就好。」

我原路拿去捷運站丟，反正不多，路上的我一直在盤算劇本，要是被問起，我就說這是路邊撿的。就算他們不相信我，難道會調監視器畫

---

① 據報載：根據全國環保公務機關總工會統計，垃圾不落地政策實施後，已造成八十四位清潔隊員死亡，平均每年五人死亡。
來源：https://news.ltn.com.tw/news/life/breakingnews/2883959?fbclid=IwAR0Scjh7_U4v7EYLxn2a7yYloEtUWCZMW_NcoCpM02HNbmRz875sDwiWpuU

面嗎？

定點清運，到底什麼時候才會落實？

到了那時候，小玉米還要受這種罪嗎？

還是她因為媽媽太沒用，又老又窮，決定冒著生命危險去做清潔隊員養家活口？

走去捷運站的路上，沒有任何公用垃圾桶，我沒撐傘，就這樣走了過去，經過一棟大樓，一定有垃圾集中處理的那種。我看著大樓，我的人生目標只剩這樣了。

第二天，我宣布要搬出去。

理由是公司加班到很晚，其實是因為垃圾車。

奶奶應該知道這只是藉口，但她沒戳破，常常來家裡幫我帶孩子。

「我走了，你要多保重。」我說。「歡迎來看小玉米。」

奶奶也的確來了，幫我做了很多連我媽都不會做的事，那就是家庭主婦累積的智慧吧。有時她來過夜，我也準備了她專屬的沙發床。我們會在那裡聊天，不被其他人聽到。

「你比較聰明，有自己的工作，有自己的小孩。我兩個兒子都上學以後，我決定二度就業，想賣保險或賣房子，可是老公說我一個女人拋頭露面很危險，最後勉強答應我賣保險，可以在速食店、咖啡店談生意，絕對不可以進客戶家。但我都這麼老了，也不會有男人要吧。我很喜歡做保險，可以聊天，幫助別人，不一定要做到業績，但慢慢也做出口碑。忙起來了之後，老公很生氣，說小孩都照顧不好，微波爐加熱食物不健康，但我知道他最在意的是，他沒辦法隨時吃到熱騰騰的飯菜。我只做了幾個月就放棄了。」

搬家時，我留了洗碗機和洗衣機給奶奶，算是答謝她的照顧。有時過年去吃飯，領個紅包，大家和和氣氣打麻將，但如果你仔細聽，背景有洗碗機運轉的聲音。那是我來過的證明。當然，陽台有堆放的垃圾，但我可以選擇不靠近。

玉米奶奶後來出家了，說是人世間的責任盡了，她要全心侍奉佛祖，長年住在菜堂。她雖然沒有離婚，但還是找了一條出路，說不定，她才是真正的仙女。

一個我不用
當媽的地方

我真的好想出去，
去一個我不用扮演媽媽的地方，
我想跟以前一樣。

Wendy，家庭主婦，28 歲

我以前不是這樣的。

雖然肉肉的，但沒有人覺得我胖，還在大家可以接受的範圍。但生了小孩就不一樣了。現在肚皮的地方鬆鬆的，像是用過的氣球。以前我懷孕的時候常有人讓座，現在就算我沒帶著孩子，也有人讓座。我是坐還是不坐呢？我後來決定都坐，至少讓那個好心人不尷尬。如果我拒絕了，是兩人份的尷尬。更何況，我真的覺得每天都好累，讓座給我一點也不過分。

懷孕的時候大家都鼓勵我多吃東西，但卸貨之後，我還是想吃。每天晚上餵完孩子，就想衝去吃零食，只要能吃到熱騰騰的雞排，我就覺得非常幸福。但常常都是吃了兩口，孩子醒了，吃著涼掉的食物更淒涼。我也覺得對不起外送員，我沒辦法去樓下等餐，或是騰出手來立刻接電話。走下樓梯的時候，我會想像孩子開了窗戶掉下去、被瓦斯爆炸燒死，我被判過失致死罪。但四個月以後，小孩發現吸奶瓶比較輕鬆，就排斥媽媽，那個表情我一輩子都忘不掉，好像我是全世界她最討厭的東西。沒想到我連最低標準的六個月都做不到，更別說網路那些人親餵個一年兩年。

而且我還想生第二胎，現在減肥也是白費力氣，坊間流行的生酮、低GI、斷食我都試過，但越控制自己，越會引發暴食。其實我一直都喜歡運動，卸貨之後終於可以好好鍛鍊體力，怕吵醒小孩，我還會用靜音跳繩。只要有人肯幫我帶孩子，我不管怎樣都要運動，雖然對身材沒什麼幫助，但至少晚上可以睡得好。

我失眠的情況很嚴重，從小就害怕噪音，結婚之後跟我老公睡一起，才知道打呼、磨牙都是小事，這世上真的有人會夢遊！走去客廳不關冰箱，早上起床地上都是水，或是出門不鎖門，小偷強盜隨時都可以進來。我剛開始以為他故意的，吵了幾次才發現他是夢遊。所以我在家都用水壺喝水，房間內不放杯子，廚房刀具也塞到抽屜，就怕他夢遊的時候受傷。

雖然去看了專科醫生，但醫生只建議要放鬆心情，什麼事都沒做。我們家已經夠小了，老公又不願意分房，說夫妻就是要睡一起，不然感情會不好。運氣好的時候我就聽著他打呼、磨牙，起來上廁所，又聽說夢遊的人不能叫醒，不然會被打。後來我們房間上了門鏈，他就只是起來繞了一圈又回到床上。但有了小孩以後，我不知道這樣把三個人關在一起真的好嗎？我只知道，我好久、好久，沒睡過一個好覺了。

✳︎

我跟他是網路認識的，剛開始是朋友的臉書朋友，大家一起出來玩，後來才交往。但當初會結婚，是因為我媽癌症末期了，我媽想看到我有個歸宿，才能放心地走。可是我才二十五歲，只有他一個初戀對象。結婚沒多久，我媽就過世了，但她最愧疚的竟然是沒辦法幫我帶孩子。現在我懂她的心情了，實在是太苦了。我爸不要來亂就不錯了。現在我身邊的朋友大多還沒結婚，我常覺得我太早結婚，還沒找到自己的價值和重心。

但不要誤會，我的家人都很好，認識了他們，我才發現有錢可以讓人比較善良。房子是公婆買的，讓我們獨立門戶，住在同一個社區，還預約最好的月子中心。婆婆來幫我帶孩子，有條有理，又不會拿相同的標準要求我。客觀來看我先生的條件，也實在沒什麼好抱怨：他會分擔家務，燒得一手好菜，也會帶孩子。但我還是常常覺得，這世上只剩下我一個人。

看著那些媽咪寶寶版友，面對婆媳問題、經濟壓力，全職工作還要親餵，簡直就像是超人，跟她們一比，我嫌家事服務員掃不乾淨、懶得摺衣服、洗奶瓶洗到厭世……這種煩惱顯得不知好歹。如果擁有家庭支援的我還抱怨，搞不好會被噓爆，所以我頂多在別人討拍時，留言「＋1」、「我也是」。

但我真的好想出去，去一個我不用扮演媽媽的地方，我想跟以前一樣。過去我在餐飲業上班，懷孕到八個月的時候，主管說你就做到這個月不用再來了。產假、育嬰假當然也沒了。幸好我立刻截圖對話紀錄，連小孩要出生那天，我都還在蒐證對方惡意解雇，這可能也幫我分散了生小孩的注意力，讓我覺得我一定要活下來，討回這筆債。主管會這樣對我，以後也會這樣對待別人。很久以後，我終於討回了遣散費，但接下來新冠肺炎疫情爆發，我也找不到工作。倒是當時罵我申訴找麻煩的同事，從頭到尾我沒麻煩她，但莫名跑來教訓我。結果她也在這波疫情被解雇了，只能說是活該。

好了，該說說那件事了。

找不到工作，房子小孩亂七八糟，我只是在家滑手機，看著大家煩惱類似的事，但就是有人能減肥、兼顧家庭和工作，連發文都有那麼多讚。我覺得，我連滑手機的資格都沒有。奇怪的是，生完小孩之後，我的需求忽然變強了。週末還好，但平日還要我先生配合就太過分了。

我只是下載交友軟體，想跟人聊聊天。

另一個性格的我跑出來了。

不必跟人見面，大方地聊自己的性癖，什麼都可以聊。隨時隨地有人在等我回覆訊息。我誠實地說出自己的條件：年紀、三圍、身高體重，我不想盜圖騙人，或是見面才發現我不是對方想像的那樣。也交了一、兩個普通女生朋友，但多是國高中生，年紀很小，實在聊不太起來。在那個平台上面，女生實在太少，我居然非常受歡迎，訊息多到沒辦法一個一個回覆。

有個網友聊了很久，忽然問我：「要見面嗎？」我不知道這樣算不算約炮，但他說不一定要做什麼。結果我們約在咖啡店，他不太會聊天，跟網路上完全不一樣，連咖啡的錢都沒幫我付。我覺得他好可憐，應該是同情心吧，我也受不了兩個人面對面的沉默，我覺得我欠他一次，兩人去了附近的旅店，還要我提醒他付錢。正常來說，不都是男生付旅館錢嗎？連我第一次約都知道，該不會他也是第一次約到人吧？我現在忽然覺得滿有可能。

從此，世界打開了一扇大門。

在那裡，我可以挑選我喜歡的，嘗試我沒想過的東西。

但約會的衣服跟我平常穿的落差太大，生產前的衣服我也穿不下，所以我去報名了健身房，跟家人說我去運動，運動之後洗個澡，穿上新買的衣服，香噴噴地去約會，再去置物櫃換回原本的衣服。

先生下班回來，就是我的放風時間，大家也希望看到我開心回家，漸漸有了正面的轉變，所以我平日晚上只要約了就出門。最高紀錄是週末的早上下午晚上各約一個人，這輩子從來沒這麼有效率，但心中想的不是我需要高潮，而是一種責任感。有人這麼迫切地需要我，而我也需要別人——他們眼中的我不是泌乳量幾CC、距離原本體重幾公斤的生物——連小孩在我不在的時候，也被照顧得比較好。

我去約會，不是灰姑娘去參加舞會的心情。首先，我不是灰姑娘，家務有人幫我打理得好好的，我去見的也不是王子，而是陽光照不到的人——雖然這裡面也有很多帥哥，但不想交女朋友、快結婚了壓力大、進去五分鐘就射了、小氣的、媲美專業按摩師傅的……有時我們也沒做什麼，就是去看個電影、吃評價很好其實不怎樣的大餐、上個酒吧、花很長的時間泡溫泉，實戰只有幾分鐘又回去泡溫泉……

沒有過去、沒有未來，大部分的炮友都是一期一會，我們只有當下。這裡面也有人技術比我好，但我可能不夠好，或是他習慣不約重複的人。後來我終於遇到一個身形、習慣、角度都完美契合的人，我們每個月都會約一次，有時是他來台北，有時是我去高雄，或是約在中間的台中。

「你是個魔女啊。」他常常這麼說。

「不，我只是豬。」我說完，我們就笑著在床上翻滾。

我就是別人講的母豬，人人都可以上的豬，又胖、又笨、又醜，但就算是這樣也是有價值的。而在某些人眼中，我竟然超越了豬。魔女這種詞是屬於凍齡的美女。我只想做個普通人。

但忽然變成豬。

承認自己是豬好過多了。

可以放心地吃、放心地睡、放心地做愛。

大部分的人都追求「看不出來有小孩」，但我說真的，這是不可能的，像瘀青的妊娠紋、鬆掉的肚皮、變深的乳暈、剪開的會陰，都回不去了。

我想了很久，一直在想，要不要跟我先生講。他一定不能接受，而且他也沒有錯。能做的他都做了。甚至也請了育嬰假，但兩個人待在家裡太痛苦了。我不只要照顧孩子，還要在意他喜歡把東西歸位，衣服乾了要馬上收起來，我也不能隨時抓著手機，把小孩託給婆婆，外出去約會。可以休半年的育嬰假，我拜託他一個月就結束，真是鬆了一口氣。體力的負擔，還是比不上心理的負擔。

其實我很感謝這些陌生人，不管怎麼說，他們讓我跟社會保持一點點連結。

大多數的人都是制式化地約會、開房間，直到我認識了這個山友。他自己一個人，沒有家人同住，這對約會來說簡直是無敵，我們不用擔心打擾別人，也不用每次約會就噴掉三千五千。雖然那只是一個套房，但讓我有家的感覺。他從來不問我做什麼工作、要去哪裡，我們就只待一個下午，有時晚餐時間一起追劇，而不是吵得要命又不斷重複的新聞。漸漸地，我會待到深夜，在旁邊看他跟遠距離關係的女朋友視訊。他也知道我有家庭，但就這樣了。我們都不會跟對方多要什麼。

我很感謝他，讓我有個避風港，暫時放下媽媽的身分。

我們住在同一個縣市，但也不至於會在路上碰到。我們固定約在星期六，但小套房擠兩個人太悶了。天氣好就上山走走玩水，天氣不好就撤回房間。山是個好地方，人跟人可以不用說話，看著對方的背影就好，但看到人也會很開心，自然想打招呼。早起讓一天變得很長，睡覺也可以睡得特別安穩。回家的時候，我就心甘情願做個媽媽，倒數下次放風的時間。

其他事我也看開了。

剛結婚時容易吵架，我們夫妻兩人去逛大賣場，我先生心情好，忽然想買瓶香檳慶祝，他斬釘截鐵地說：「這上面寫 Brut，難得香檳特價！」他是個看到特價就會開心的人，就算那價格跟平常都一樣，黃底紅字的標示就是能打中他。但他的知識有點問題，我之前在餐飲業，就因為香檳的甜度被教育，太多貴客點了香檳，覺得怎麼這麼苦，一點都沒有慶祝的感覺，懷疑我們提供的香檳等級太低。但香檳只是特定產區的氣泡葡萄酒，Brut 翻譯是「不甜」，但對我這種不專業的人來說，喝起來是苦，Sec 才是比較能接受的甜度。我看客人如果沒有品牌偏好，通常叫他們點義大利氣泡酒就好，接受度高、價格合理又沒有風險。我太常看到沒喝完的香檳，又點了其他酒的人了。

一般來說我不跟先生講工作的事，因為我是沒知識的女人，但我可以確定，我不會喝那瓶酒。而我先生愛吃甜食，他一定不想喝，最後就是放在冰箱，我一個人喝。但我先生很堅持，Brut 就是香檳，放進購物車。我說的話他不信，就立刻上網查別人的文章，他不耐煩地說：「你說的都對可以吧！東西是我買的，你就不要唸了。」

為什麼我會變成一個碎碎唸的人呢？

我根本就不在乎那些事，但所有人都叫你要記得：家裡鑰匙放哪裡、衣服要換季、奶瓶要殺菌。我必須講給自己聽，如果別人不記得，也會造成我的麻煩。

但現在想想，他說得也是，錢又不是我出的。結果也很難喝，他一個人分好幾天把那瓶喝完，但難喝的話倒掉就好了。我為什麼要為別人的錯誤負責？買了這一次，他才會記取教訓。或者，他的人生就是想喝一次「香檳」？我幹嘛剝奪他的樂趣？我對了又怎樣？反正再兩個小時、再兩天，我就可以出去了。

小時候的我，曾經立志要做一番大事，所以努力讀書，考第一名，工作也很認真。但現在我認清了自己，我只是一個沒工作的媽媽，但我非常幸運，有疼愛我的老公、可愛的女兒，完整的家庭，這就是幸福的人生。跟網友出去的時候，我就是一頭普通的豬，非常好。

脫北者

天黑的時候只要等待，
天空總是會亮的。

高思萱，繭居中，30 歲

唸佛一聲罪滅河沙

禮佛一拜福增無量

唸一聲佛，讓罪惡化成河沙，拜一下佛，得到一大堆福利。世上怎麼可能有這種好事？就算有，也輪不到我。我媽愛看和尚講經，說要渡化我姊，讓她前往西方極樂世界。但我覺得姊姊早就到了，沒有我媽碎碎唸的地方，就是極樂世界。我不懂，好好的一座山裡，為什麼有這東西？是誰搬上來的？旁邊還刻了兩行這麼大的字。

你去過一〇一頂樓嗎？那次姊姊得了一個文學獎，現在我也忘了名字，因為獎盃和姊的東西都被我媽丟光了。當時獎金五千塊對國中生來說很多了，她決定帶我去台北玩，買最貴的巧克力、去美麗華摩天輪、一〇一頂樓。我們好喜歡排隊的感覺，有大把大把的時間，各式各樣的人。世界如此廣大無邊，人們思考著我們不知道的事。黃昏時，我們上了頂樓，從高空俯瞰生長的地方，那些灰撲撲的鐵皮屋頂一下子都不見了。

我這一生最幸運的，就是有姊姊這件事。不管從什麼方面來看，我們都像是雙胞胎。我們只差一歲，但姊姊知道的事比我多太多了。連我自己都忘記的事，也是姊姊幫我記得。我們睡上下鋪，從小就習慣睡前複習今天的流水帳，跟誰做了什麼，看了什麼，如果不說出來會覺得不舒服，彼此都是對方的日記本。後來我才知道，一般人不會這樣，他們把事情放在心裡，最多就是寫出來。那你們有事要跟誰說呢？不說的話，不是會很寂寞嗎？現在，我慢慢習慣姊姊不在了，但就是沒辦法習慣這件事。

我們第一次分開，是姊姊去南部讀大學，科系選了媽媽喜歡的護理科，實習忙得要死，但她也沒有放棄寫小說。我是她的第一個讀者，最清楚她寫了什麼。她寫的是驚悚小說，主題只有一個：人在任何處境都可能被殺死。情人殺約會對象、妻子殺丈夫、母親殺孩子、被害者殺施暴者、受惠者殺恩人、受訪者殺記者、躺在家裡被地震壓死、洗澡滑倒撞到頭、睡覺心臟病發——當你以為這世界很安全，冷不防就會被捅一刀。

人類是很脆弱的。

有時我甚至懷疑，姊姊是為了研究人如何死去而讀護理，不是因為我媽希望她有穩定的工作。事實上，讀護理根本就不穩定。畢業之前，她找了好久的工作，眼看六月就被趕出學校宿舍，幸好那時候她在加油站打工，認識了男朋友，兩人同居，決心不回台北。我也跟她約好了，等我拿到年終獎金就辭職去找她，徹底脫北！

她沒走上護理的路，主要是應徵的醫院很奇怪，面試過了一個月通知她錄取，卻要她明天就來上班。這樣加油站的排班怎麼辦？她說：「這違反了我的原則，工作應該要有始有終。」乾脆不去報到。我媽罵她讀書讀得那麼高，結果跟加油站的人跑了，她的錢也白花了。但我現在回想，那時的姊姊可能不是有原則，而是因為她的薪水、住所都掌握在別人手裡，她如果選擇護理工作，男友一定會把她掃地出門，說她背叛他、不知好歹、有好的機會就不要他了……醫院也不提供宿舍，那我姊要怎麼去上班？

我雖然沒見過那個大哥，但我知道他像我媽那樣說話：昨天吃過還稱讚的便當，今天再買就膩了，叫她不想做可以不做——交往之前，他喜歡大街小巷地找小吃，姊姊跟著他拓展了美食地圖。但我們在我媽的教育之下，覺得食物跟飼料沒什麼差別，味蕾相較之下很遲鈍。交往之後，我姊偶然貼心地替他買了晚餐，他很開心，姊姊很開心，那是一種被依賴的感覺。但她沒想到，後來早餐、午餐、晚餐，都變成她的工作了。明明兩人排班的時間會錯開，各自下班去買，不是比較好嗎？為什麼她要負責買兩人份的便當？他討厭吃到微溫發脹的麵條，但又堅持，兩人一起吃飯是全世界最重要的事，他家就是這樣規定的。

他們的戀情很短暫，我姊最後還是回台北了——因為他劈腿別的女生，我姊沒了工作，沒了住的地方，倉皇搬回家。「錢和兩年的感情就算了，至少我看清了他這個人。」姊姊說。她的東西都留在那房子，就算她帶回來了，我們共用一個房間，睡小時候的上下鋪，也沒有空間能放。東西暫時用我的，我們身材差不多，可以穿一樣的衣服和鞋子。

幸好我當時還沒辭職，也很早就決定要支持她。反正家裡有我，她可以專心寫作。她是有夢想的，但我很庸俗，那也無所謂。我不必選我喜歡的，只要避開討厭的就好了，去高職讀設計，比她更早出社會，這樣我媽就不能威脅我們。如果有一天她的書要出了，我就可以幫她畫畫、設計封面，可以省很多錢。

但我們不是學生了，不能靠五千三千的獎金活下去。

既然要做，就要做專業的。

姊姊說要專心寫小說，不去找工作，也不再談戀愛。寫作是有代價的，沒有錢、沒有愛，沒有別人都有的那些東西都沒關係，我們講好了，只要不要像梵谷把耳朵割下來就好。

但我們都想把自己的耳朵割下來。

我媽就是噪音的來源。

她很小氣，小時候其他同學每個月零用錢少說有兩千，但我跟我姊兩個人只有兩百，是不是很誇張？我媽都說如果她那時候不送我們讀私立國中，她就可以退休，不用在菜市場擺攤賣包包。但她就喜歡跟鄰居炫耀，我們吃的用的讀的學校都比別人好，但她又不心甘情願，我跟我姊就成了她的出氣筒。我爸就是受不了才跟她離婚。如果可以選，我們都想跟爸爸，但沒辦法，爸爸太沒用，連照顧他自己都有問題。每次被她看到我們在上網、看小說、玩遊戲，她就罵你們跟你爸一樣懶，髒得跟豬一樣。拜託，豬可是很愛乾淨的。

「好手好腳為什麼不出去做事？」「怎麼這麼沒用？」「吃我的住我的。」「現在擺攤生意不好，一定是你們帶衰。」「去便利商店打工也好啊。」這些句子照三餐問候，好像超商店員多輕鬆。但人就是喜歡對無知的事物大發議論。稍微做點功課就知道，超商奧客多，上班不能看手機就算了，努力了還要被周遭的人輕視，那不是很划不來嗎？總之，我們知道得很多，或許就是太多了，所以我們放棄。

剛開始，我會負擔家裡水電費，如果下班得早，就跟姊姊約在夜市、小吃攤，一起去便利商店外帶，發薪日會多買一個甜點，坐在公園野餐，想像自己在深山修行，周圍是滿天飛舞的蚊子。但我們不怕，我們是有信仰的人，姊姊的信仰是文學，我的信仰是姊姊。

我們想搬出去，每次看見預售屋都很心動，文案寫著二十萬入住，但以最小單位八百萬的房子來說，每個月要繳四萬多，我薪水都不到三萬了憑什麼買？買房的夢，只是用來反駁我媽：「我的房子以後還不是你們的」、「我寧願捐出去也不要寵壞你們」……我們根本不要什麼東西，但她一直有被害妄想，直說我們是賠錢貨。買不起，那租房子總可以吧？我們想離開永和，但這世界上找不到比這更方便的地方了。有人嫌這裡人太多，走路會撞到人，但我們都習慣了，反正撞到人也不用道歉，也搞不清楚是誰的錯。去其他地區看房子的時候，我們才發現住在永和真正的後遺症是，我們很容易迷路。家附近有圖書館、公園、運動中心，還開了咖啡館，雖然我們很少去，只是從外面看看。

或許，對我們來說，這樣就夠了。

便利商店的冷氣、陌生人，甚至是不斷的叮咚，都讓我們很放鬆。但回到家，我媽就會唸那邊的東西不健康，叫我們要學做菜，不然以後嫁出去怎麼辦？但她有資格說我們嗎？那樣說還不是想拗我們。看到她跟我爸那樣，我們根本不想跟人交往，再加上姊姊的經驗，我實在沒什麼動力。

等我失業，我們連吃外面這點樂趣都沒了。

在家裡找工作那段時間，存款漸漸減少，我連冷氣都不敢開，熱到只能穿著內衣褲躺在地上，磁磚熱了就自己翻面，但房間西曬，整個房間像電鍋。我媽從小讓我們吃外面，帶菜市場買來的炒麵，連碗跟筷子都不用，像飯糰那樣抓著塑膠袋吃，早餐中餐晚餐各一袋，總共六包。我們也受不了，但肚子餓了只能認命，咬下整坨的食物。冬天還好，放到夏天傍晚感覺都臭酸了。有時我吞不下去，但如果剩下桌上的炒麵，我媽隔天就只會補不足的數量，我們一定要吃完。每次都是姊姊幫我吃，她還安慰我，她吃起來沒差，或是作家都很窮之類——但我看到她吃，忍不住哭了，這種日子還要過多久啊。

我因為沒有工作，無法繳水電費，更不想遇到我媽，省得被她碎碎唸。但姊姊早就在家裡蹲了好幾年，她的應對方式是：「盡量不喝水、不吃飯，就不用上廁所囉。」

對吼，我怎麼都沒想到。

現在流行的極簡生活，零購物、零廢棄，還有斷食療法，原來我們那時候不知不覺就實踐了。而且人也變瘦了，還有人問我怎麼減肥。

工作也好，不工作也好，吃也唸，不吃也唸，我媽就是這樣。我猜是因為她這一套拿來對付菜市場阿桑都有用，客人進來看看，就把人從頭嫌到腳，稍微有點自尊的人都會生氣。但沒走開的客人就死定了。一說這個是百貨公司幾千塊打折打到骨折，老實說也不是多便宜，優衣庫特價一定比那便宜，但她就說什麼醫生太太、董事長夫人也拿這個包，你現在買，三個再打八五折，買五個送你一個。所以那些阿桑結帳都卯起來買，隨便都破千，但買回去會用嗎？我覺得她們給人的感覺是「因為我不值得」，「我只能用這種便宜包包」，「既然便宜就多買幾個」。那些人徹底自暴自棄了。

我們在家裡蹲，也不是什麼事都不做的——至少剛開始不是。大部分的時間，我們都躺在床上，吃得很少，也很少說話。大家都以為繭居族是一個人住，但不得不說，這也要考慮經濟條件。首先要有住的地方、有人幫你送吃的——只有跟家人住才有可能滿足條件。我們如果出去工作，像我姊之前在加油站工作，就沒空也沒這個心情繭居，繳房租都來不及了。一個人面對全部的人，絕對更需要勇氣，不像我們這樣可以互相商量。如果只有我一個人，一定無法面對我媽的攻擊、堅定地踏上這條路。但兩個人不一樣，我們會一起努力。

當家裡環境越來越惡劣，我媽應該是下定決心趕我們出去。第五年的時候，我媽炒麵也不買了，網路申請斷線，然後是停電——我媽其實很有錢，加上我們住的公寓，總共有三間房子。她自己是包租婆，但就是不願意讓我們搬去外面，說什麼沒有房租會活不下去，寧可跟我們一起過停電的生活，嚷嚷要死一起死。反正她白天都在外面，回來只是睡覺。菜市場的攤位可以充電，她不怕。但我們發現這樣也不錯，沒有電燈，晚上就早點上床睡覺，需要充電再帶線去捷運站或便利商店。只是夏天沒冷氣，我們熱衰竭了好幾次。對了，熱衰竭和中暑不一樣喔，熱衰竭是吃不下、嘔吐，通常睡一覺就好。中暑是整個人昏迷、抽筋，真的會死掉。我中暑送過一次急診之後，我媽就恢復給電。

下一招，廁所上鎖。我媽請了鎖匠來鎖廁所，只有她自己有鑰匙，但我們知道她把備份放在哪裡，自己複製了一份，趁她不在再去。反正她要出門工作，能拿我們怎麼辦？如果真的忍不住，就出門去公廁，最後還是買了小便盆，等她不在的時候再倒掉。很廢的時侯，我們會一起寫遺書，還會幫對方校稿。

有一天，我決定把我們的遺書放上部落格，分享我們的繭居姊妹日記，希望我們死了以後，在這個世界留下一點痕跡。滿多人追蹤的。大家都說，想不到竟然有人活得比他們還慘，日常生活是這麼有趣、充滿挑戰的遊戲。出版社問我們要不要出書，但姊姊說她想以真正的文學出道，她是有堅持的人，我不是，就隨她去，反正接業配也夠活了。宅配掛號都寫我的名字，廠商會寄些肉乾、面膜、麵條之類的東西，我覺得自己像個名人，竟然可以不勞而獲。姊姊信仰文學，她不要自己的名字跟商業連在一起，不要侷限在我們狹小的生活，不要親友出動的人情新書分享會。

唯一支持我們活下去的，就是想像姊姊的書大賣，我們就能搬出去，得到自由。但沒有，姊姊的書一直沒機會出版，這就算了。還好有家庭副刊，她的名字偶爾會出現在那邊，我們把報紙剪下來，收在檔案夾，相信有一天會收藏在台灣文學館。但她的點子竟然被作家抄襲，那個人很紅，被發現也堅持不道歉，還要告我姊毀謗。

懷才不遇大概就是這個意思。

專心寫作根本沒用，總會有不知道哪裡來的人抄你的心血。艱難的生活可以變成笑話，但你如果認真了，等於一開始就輸了。人家是出書作家，在臉書說你只在副刊發表就以為自己是什麼咖。我們沒有在玩臉書，對方有主場優勢，底下留言都很噁心，站在她那邊。我從以前就覺得很奇怪了，一樣都是副刊，寫的也是故事，為什麼有藝文副刊和家庭副刊的差別？有大眾文學和經典文學的差別？我姊徹底醒了，意識到原來真正的作家是那樣嗎？私下稱讚她，上了檯面就說那是庸俗的東西，過去不過是鼓勵有夢的年輕人。

姊姊完全放棄寫作，說那都是騙人的東西。

我想告訴她不是這樣的，白紙黑字，截圖對照，我花了很多時間揪出更多抄襲案例，集中火力上網地毯式搜尋。愛抄人的小偷不會只偷一次，也不會只偷你一個人，果然挖出別人被抄的災情，獲得小小的感謝。我們這些受害者都出面說明，絕對可以組成受害者聯盟。但臉書是人家的，我們看起來就像是來亂的黑粉，被她的粉絲取笑是網軍，目標是蹭這次的聲量出書。但要出書，我們之前就有機會了，根本不用等到這時候。時間久了，其他受害者看開了，封鎖那個作家，眼不見為淨，但這樣不就認輸了嗎？抄來的句子都還在書裡面，再刷也沒改過。對方一直活得好好的，演講、出書、參加各種活動。

寫作沒有意義，揪錯沒有意義，我們常常只是躺在各自的床上，沒有說話，不知道窗外是清晨還是傍晚，因為我們連電腦都不想打開，房間的時鐘很早就沒電了。繭居日記也很久沒更新了。

這樣要活到什麼時候？

「我明天二十九歲生日。」姊姊說。我跟她只差一歲，我們討論過在三十歲之前結婚，在卵子最健康的時候懷孕，兩個人一起帶小孩。結果這個約定竟然這麼遙不可及。我媽從來沒幫我們過生日，還說這是母難日，是一個女人懷胎十月、冒著生命危險、痛了一整天的結果，所以小孩子沒有任何資格要禮物、蛋糕，那是商人設計的詭計……我們的母難日就是做家事、聽媽媽的話，低調度過。長大之後的我們覺悟了，什麼都不做，就是對我媽最好的抵抗。其實我們一直覺得，最好的母難日禮物，就是去死。死了就結束了。在道場聽到哪吒削肉還母、剔骨還父的故事時，我們也好想跟哪吒一樣，但割自己太痛了，我們就想像兩人一起跳舞，在山裡放火，燒掉全世界。

叮。

你所關注的朋友發出了最新動態。

那個人不是朋友。

但臉書沒有敵人的選項。

鏘。

家裡的鐵門打開了。

「回來也沒人跟我說一聲，我可憐喔，生了兩個女兒，兩個都不做事，啃老等我死了拿遺產喔。現在年輕人真好命，老母在外面拚死拚活，你們在家裡蹺腳納涼。」

活下去，也就是這樣而已。

「欸，要不要送我生日禮物？」姊姊說。她好久沒提議要做點什麼事了。

距離午夜十二點還有兩個小時。

她常說死了比較好，我卻跟大部分的人一樣，勸她不要想太多。但真的看清楚了這世界，我沒有任何樂觀的理由。她說如果不是我，也許她早就走了。這不是我的錯，只是時間到了。但我也意識到，應該是我阻礙了她自由的路，因為我們每天都在同一個房間，她根本找不到機會離開。

「只有我一個人的話，我會很難過。」我說。

「那要跟我一起走嗎？」她說。

我不敢想像一個人要怎麼活下來，怎麼跟我媽交代。我慌了，決定照著姊姊說的去做。

她把皮包背帶拆下來，牢牢綁在上鋪床架，然後去洗澡、洗頭，花很長的時間把頭髮吹乾，穿上她最喜歡的洋裝，那是她用加油站第一份薪水買的。放了我們最喜歡的音樂。換我去洗澡的時候，她說她先走一步，留了旁邊的位置給我，也幫我綁好了風衣腰帶，因為腰帶比較寬，接觸身體的時候比較舒服。姊姊到了最後，還是這麼無微不至。

「你確定嗎？」這個問題不知道是問她，還是問我自己。但說不定，一個轉念，一個靈感，就可以讓我想到別的辦法。我眼前的這一切，真的是最後，還是劇情高潮前的反轉？這是最後的最後了嗎？

「你快去洗澡吧。」

我抱著衣服，被她推出去，但走到廁所，想著我們的最後一句話應該要說些什麼。我在沖水的時候，終於想到了，我要說：「我很愛你，不管你怎麼樣，你永遠是我的姊姊。」

我洗完澡回到房間，姊姊上去了，但還沒斷氣，因為手腳在踢動抽搐，不知道是反射作用還是掙扎，但她如果想活下來，只要把彎曲的膝蓋站直就好了。我知道我很膽小，但至少至少，不能破壞她的計畫，我已經拖累她太久了。我退出房間，去廁所吹頭髮，就算被我媽聽到也無所謂了。吹風機發出強烈的噪音，這樣我就聽不到任何聲音。

把我支開去廁所的時候，就意味她終於有自己的空間了。這是姊姊的體貼。

再回去的時候，她斷氣了，像件舊衣服披掛在床架，她最喜歡的皮包吊著她。

我答應她要一起走，但我不敢。我不知道這個爛地方還有什麼好捨不得。

媽媽在房間睡覺，發出巨大的打呼聲，我們曾經很討厭這聲音，但後來發現睡著的她令人很安心，我們可以在這段時間做任何我們想做的事，不怕被罵。對現在的我來說，打呼是我媽活著的證據。死人是不會打呼的。

我打開家門，搭電梯到樓下。現在應該要打一一九？不對，那是人還有救的時候，沒救應該是跟警察報案吧。警察、派出所、報案，但我想不起來地址在哪裡，從小到大走熟的路忽然一下子消失了。腦中取而代之的是〈中永和之歌〉，永和的中和路，中和的永和路，福和橋下不是福和路，中正橋下也不是中正路……

這裡是哪裡？我在哪裡？我想救姊姊，但我知道她斷氣了，我要用跑的，但赤腳踩在柏油路好痛，啊，我忘了穿鞋，難怪路上的人都給我讓路，我看起來大概像個神經病吧。我想打電話給誰，但我怕時間不夠久，怕姊姊從鬼門關前被救回來，我絕對不能讓姊姊醒來，那她的心血就全部白費了。我一直走、一直走，走到我們讀的小學門口。我恢復記憶了。姊姊和我在這裡買雞蛋糕、等安親班的老師、帶爸媽去學校園遊會、宣布她長大要做個作家……這是一切的開端，但我們很久沒來這麼遠的地方了。這是我們童年的存檔點。

對，我得先存檔。

這是姊姊跟我的約定，我必須去派出所存檔：記憶中，那是一棟白色建築物，失蹤、謀殺、詐騙、強盜……人類的罪惡被收藏在這裡，而我就要見證這一切了。其實我從來沒進過派出所。我會被警察當作嫌疑犯嗎？萬一被判死刑怎麼辦？我們之前的遺書應該可以當作證明吧？被判死刑的話我就可以見到姊姊了吧？

我一定要告訴誰才行。

我要說，我姊姊死了。說出來，她的願望就會變成真的了。

天黑的時候只要等待，天空總是會亮的。

我那天第一次發現這件事。

人死去所需要的時間，遠比我們所以為的漫長。

要等待，不要驚擾那些做了決定的人。要專心地等待靈感，它會從失敗的戀情中走來，它會在你肚子餓的時候讓你覺得不餓了，在你快樂的時候浮現結束的陰影。

那天的警察忠實地執行任務，讓我搭警車回家，後面跟著救護車。深夜的城市還是很熱鬧，夜市照樣開著。但我們在日常的軌道之外，打開警笛，越過黃線，闖過紅綠燈，我們超越了所有規則，時間變得很緩慢，車窗內的世界也很安靜，偶爾聽見他們用對講機通話。

現在姊姊離開兩年了，那天她脖子纏繞的背帶、掛著的風衣，我到今天還在用。法醫檢驗沒有他殺嫌疑之後，就全數還給我們了。我媽丟了我姊大部分的東西，就好像從來沒有她這個女兒。衣服包包則因為我們共用，我媽不知道到底算誰的東西，就留下來了。現在我的生活比以前好過一點，不想吃的炒麵，我媽會收掉，甚至會問我想吃什麼，或是安安靜靜，把買好的飯菜放在我們房間門口。就這點來說，姊姊還是在照顧我的。我跟不在這世上的她約定了，就算一個人也要好好的。

今天是她生日，但到了凌晨一點三十三分，我覺得有必要出來走一走，像那天到派出所存檔。我決定去一〇一，那是我們命運的起點，我們在那裡確定了自己可以做點什麼，而且相信自己做得到，不知道未來是一片荒蕪。捷運收班了，我還是可以徒步走去。過了永福橋，沿著基隆路走，到了門口，才發現觀景台晚上也休息了。就算是熱鬧的夜晚，終究還是有盡頭。

路上有指標往象山，我才想到，為什麼我們沒想過要來象山？跟著指標，經過公園，走到登山口。我以為車道已經很陡了，但步道的階梯真的打敗我。我想，上去看日出應該不錯吧？反正我回去也睡不著，在這裡等天亮也好。

等待很漫長。

等待需要勇氣。

我想去一個我所能想到，最能接近她的地方。但我每走一步都好痛苦，好害怕，又突然想到，會不會她從頭到尾只是為自毀找理由呢？這樣就沒人會批評她的作品，而是關注更外圍的事物，而那事實上並不會真正傷害她？我越走越覺得不對勁，自己可以比姊姊看得更多嗎？我現在的年紀比當時的姊姊大了，但我缺乏她的勇氣，只是寫著不上不下的部落格，但有時，我也會像她那樣寫寫副刊，投稿她參加過的文學獎，走她走過的路，經歷她說過的一切。

我轉身下山，我們總是要回到地面。

只有姊姊例外，她在天上，在一個永遠高於我們的地方。

女子

三溫暖

意識到丈夫不在了，
那個瞬間，
她發現自己竟然自由了。

—

葉子，大學生，22 歲

黃媽媽，退休，56 歲

今天一定要丟掉垃圾。

趁室友出國，我把冰箱裡的陳年牛奶、發霉吐司、殭屍披薩通通掃進垃圾袋，反正我丟了什麼，她也不知道，自從跟男朋友和好，兩人就像什麼都沒發生，跑到日本旅行去了——不知道路上會不會有變卦，反正我要趁這幾天，把碗槽堆的東西洗掉，一舉解決發臭的垃圾！走到樓下，跟打赤膊穿內褲的老先生、在睡衣外披外套的家庭主婦、外籍幫傭、下課還穿著運動服的中學生，一起站在路邊等垃圾車，讓貝多芬的〈給愛麗絲〉替我們悲愴的人生伴奏。

「妳不用這麼早啦。」樓下的黃媽媽笑著跟我說。她大概五十多歲，人高䠷黑瘦，眉間有兩條深紋，連笑的時候都看得出來。但最後一刻殺將出來，是一樓住戶才有的特權，住在頂樓加蓋的我沒有這種優勢。以前我要聽到音樂，才急急忙忙跑下樓梯，但幾回撲空，知道下場是提著原本的垃圾回家，還要狼狽撿拾路上掉出來的瓶罐。回家以後，室友還說風涼話，問垃圾怎麼沒丟。為了減少垃圾，我盡量在外面吃飯，寧願吃下不知所以的添加物，在遙遠的某天發病，也不願意現在放下手機，等待爐子變熱，最後把發臭的廚餘倒進馬桶。畢竟馬桶壞了，倒楣的還是我。

「今天垃圾車比較晚，因為昨天不收垃圾，今天一定會變多。不然你在這坐著，我老家送了一箱荔枝過來。」黃媽媽不等我回答，就把板凳搬到門口，兩人一起剝荔枝等垃圾車，連續劇播完了一段進廣告，〈給愛麗絲〉的音樂才伴隨腐臭傳來，黃媽媽一把抓起垃圾，連忙說「你別起來，我丟就好」，瞬間兔起鶻落，一氣呵成。她坐下的時候，廣告剛結束，連續劇切入第一個畫面。

自此，我只要招呼一聲，把包好的垃圾放在富貴樹旁邊，再也不用擔心追不上垃圾車。有時，我會早早下樓，放棄跟室友爭辯該誰丟垃圾，自己提下去，黃媽媽早就切好了芒果和西瓜，兩人邊吃水果邊等垃圾車，似乎還有一點點愜意。

「再吃掉我放在冰箱的東西就請你自盡！」敲了室友的門，打算當面攤牌，因為冰箱的滷味是我媽特地做的，結果她竟然一聲不響，把那些東西全吃了，無視貼在冰箱的紙條。

「等一下喔。」室友隔著門後回應。沒問題，老娘有的是時間罵你。一開門，她房間亂得像是洪水淹過，大概在整理旅行的戰利品。「這些送你！」她手上琳琅滿目。「這個是東京最流行的貓面膜，戴起來很可愛，還有熱敷眼罩，眼睛痠的時候很有用，這個磁力貼聽說也很厲害，雖然我還沒用過——」看到她笑吟吟把東西送給我的樣子，本來要說的話又吞了回去。

回到房間，想到黃媽媽平常的照顧，就把磁力貼從伴手禮抽出來，交到黃媽媽手上，她笑得很開心，最近正好肩膀特別痠痛，買了一堆三溫暖券，但又抽不出時間去泡，眼看這個月就要到期。

「你要不要一起去？」客廳桌上一疊油亮的折價券，包著毛巾的外國仕女，塗滿濃妝放空望著遠方，擺出一副享受的姿勢。只是這擁擠的市區，哪來的三溫暖？

在隔壁巷子的大樓。

穿過金色玻璃旋轉門，老式的氣派。櫃檯值班的女人，穿著粉紅POLO衫制服，嘴唇塗了口紅，但臉色蠟黃，大約四、五十歲年紀。

「麗娟你帶新朋友來啊？」

新朋友指的是我，我還是第一次知道黃媽媽叫麗娟。

「這裡可以做蒸氣浴、去角質、修剪指甲、按摩、美髮，吃飯的話你用手環感應一下，最後出門再結帳。」

我們把衣服包包放在寄物櫃，全身只穿著會館的薄棉浴衣，掛著手環。沒有手機和錢包一下子很不習慣，要是有人找我，只能讓手機在櫃子裡響，再說，這裡是地下室，根本沒有訊號。坦白說，這種與世隔絕的感覺比峇里島更像度假。

先在淋浴區洗淨身體，到水療池找了一個冒泡出口捶打肌肉。這裡的游泳池沒人游直線，水淺得只到肋骨。也有人把孩子帶來，全是清一色的女客，大概是四十到七十歲，不過我走進去也沒人特別注意，畢竟脫了衣服以後大家都差不多。就算沒有光滑的皮膚、有彈性的身體，她們還是抬頭挺胸，理所當然。大家就像走在客廳，有種說不出的自在。黃媽媽說，大概是結婚之後，她拋棄了下班就洗澡的習慣，變成家裡最後一個洗澡的人，因為水龍頭要擦乾，怕留下水漬，看到浴室裡面掉了一根頭髮就覺得不舒服。但在這裡，想洗就洗，不用擔心浪費水，或排水口的頭髮清了沒有。

這個三溫暖會館，有溫水池、冰水池、蒸氣室，大家一絲不掛坐在烤箱聊天，彷彿是專屬女性的主題樂園。把身體交到按摩師傅手中，手指掠過肩膀的穴道時，我覺得自己就像是一團黏土，只會發出「可以」、「不會」之類的聲音，幾十分鐘過去，宛如新生。女媧補天造人，大概就是這個感覺。旁邊的黃媽媽起身，她的臉忽然亮了起來，也或許是她把瀏海撥開，髮帶束起來，整張臉赤裸裸顯露出來的效果。

沒做什麼，肚子卻餓了，黃媽媽帶我上樓吃飯，逡巡在幾個攤位，賣咖哩、小火鍋、米粉湯等等，就像是百貨公司美食街，自己點了菜，再端到長桌一起吃，沒有誰遷就誰。難得的是，地板光滑不油膩，赤腳踩上去也沒感覺到灰塵。但我知道乾淨的代價，就是那些穿著鬆垮綠色制服的清潔人員，拿拖把四處走動，才能維持這幅光景。

黃媽媽點了炒米粉和貢丸湯，我第一次看到有人吃炒米粉，吃得這麼津津有味。不過就是米粉澆了點滷肉。

「我就是沒機會吃到啊。」她說。

「前面廟口、後面巷子那家賣切仔麵的，還有學校食堂，到處都有啊。」我說。

「以前我跟你一樣在外面吃，但是結婚以後，雖然沒人跟我說婚後要做些什麼，但覺得好像有什麼事不一樣了。」

剛結婚的時候，她加班晚回家，丈夫就故意吃洋芋片之類的垃圾食物充飢，意思是要她晚上十點下班，還要端上像樣的飯菜。她很想知道丈夫還沒結婚的時候，三餐都吃家裡嗎？但是婚都結了，本來就該拋棄小姐的身分，學著做個妻子。看到家裡一塵不染，東西都在該在的地方，確實是一種幸福。

我去過黃媽媽家，她家連冰箱都是整齊的。

既然丈夫的薪水夠家裡吃用，她也漸漸說服自己喜歡這樣的生活，有了小孩之後，就辭了工作。沒想到帶小孩實在太辛苦了，比工作還辛苦，工作的時候有同事一起說老闆壞話，但她推嬰兒車去公園，卻不能跟鄰居說丈夫的不是。

「小孩剛出生的那幾年，老公要工作，不敢讓小孩一直哭，可是小孩多哭幾次就沒事了，他就是要我去安撫，自己蒙頭大睡。那時候住在二樓，很想抱著小孩跳下去一了百了。如果那時候住高一點，應該會跳，但二樓跳下去是死不了的。」

我分不清黃媽媽這句話是開玩笑，還是認真的。但我開始懷疑，所謂的母性，只是一種安慰自己的說法。

「後來買房子我堅持要買在一樓，沒想到會淹水，但那也只是偶爾，比每天爬樓梯好多了。就算知道有個弟弟妹妹，對兩個小孩的發展比較好。但我實在沒辦法再來一次一手提嬰兒車、一手抱小孩，等下還要拖菜籃車上樓的日子——」

現在叫我從五樓提包垃圾到樓下，我都快跟室友翻臉了，每天過這種日子簡直是地獄。回想我媽在哥哥出生之後，還願意生下我，可能多少要感謝電梯的存在，如果我家沒有電梯，我媽可能早就從十五樓跳下去了吧。

咔、咔，美甲師工作的聲音告一段落，黃媽媽戴著老花眼鏡端詳兩手。她竟然把眼鏡也帶進來了！她說在服務台寄放了一副眼鏡，要用不怕找不到，還拿起角落書櫃的言情小說讀了好一會兒。

「別看我這樣，我以前也很喜歡看書。瓊瑤、張曼娟沒有少過。可是後來看連續劇都會被打斷，更別說是書了。」她只要看到有人在找東西，丈夫找鑰匙，兒子找課本，就沒辦法坐著不管，明明是他們不把東西放好，最後自己也被拖下水一起找。所以她在家裡，必須記得每個東西的位置，如果忘了自己放在哪裡，也不能期待他們幫忙。有一回找不到眼鏡，家裡都要翻了過來，買菜回來的路上也找過，怎麼找就是沒有。決定再配一副的時候，她記得丈夫說：

「錢不是天上掉下來的。」

那天配完眼鏡，全家人連公車都不坐，走路回家，六歲的兒子走不動了，哭著要抱，但丈夫不抱，其實他這輩子也沒抱過幾次。結果，她自己抱著又大又重的孩子，跟著丈夫走在後面，一句話也不說。就為了省下那幾塊錢。那個夏天的晚上，沒有風，汗流浹背，她看著丈夫的背影不知道走了多久，不知道要走到什麼時候才能看到盡頭，不知道要低聲下氣到什麼時候。

好想回家。回娘家。

可是她沒有臉回去。公公、婆婆生病的時候，她跟夫家的親戚輪流看護，好不容易把他們送走，自己的媽媽過世卻沒見到最後一面，她的兄弟姊妹沒說什麼，畢竟該出的錢都出了，她也是嫁出去的女兒，要照顧公婆，家裡又有小孩。可是她終於體會一件事：只要一天在這個家裡，自己就一天沒有自由。丈夫過世，光是打點葬禮細節，根本沒心思考慮其他事，真正意識到丈夫不在了，是因為家裡再也沒看見亂丟的臭襪子和髒衣服，那個瞬間，她發現自己竟然自由了。

有一天，念大學的兒子放暑假回家，她應該要高興的，可是還沒看到兒子，就看到他的襪子丟在走廊。她覺得累了，真的累了，連拿到洗衣籃去放的力氣都沒有。就站在那裡，看著角落堆積的毛球，電視上方的灰塵，水槽的碗盤，歪斜的沙發布——其實這個家裡少了她也沒關係，反正已經這麼亂了，根本沒人會在意這些，這個世界少了自己，照樣會日出日落，沒人會在意這麼微不足道的事。

「我才是這個家裡需要消失的人。」那時有個聲音，打亂了她的思緒，是阿寶的腳步聲，兒子十歲那年帶回來的雜種狗，不到兩個禮拜小孩就膩了不想養，但那樣丟回去，沾了人的味道，狗媽媽應該也不要了，搞不好會被咬死。

「我們家養狗，不像現在的人這麼講究，做健康檢查、吃有機飼料，就是吃點家裡的剩飯剩菜，想到狗來了以後，自己竟然變瘦，就忍不住笑了。」因為阿寶來之前，那些剩菜都是黃媽媽自己吃的。「到頭來，我跟狗的地位差不多，還不能搖尾巴換來好可愛的稱讚。」

那一天，時鐘指著四點，應該要開始洗米做飯，可是根本沒人回來吃飯，老公走了，兒子在外面打工。她決定換件衣服，提早出門遛狗。這天下午，她沒去平常熟悉的公園，反而讓阿寶帶著她去不熟悉的巷子亂鑽，她才發現除了菜市場和公園，自己對這個地方一無所知。路上每個人發的傳單她都拿，房地產、選舉面紙、餐廳優惠、三溫暖會館特價券也是在那時候拿到。她跟著傳單上面的地址走，才發現本來以為是旅館的地方，原來可以泡澡，儘管燈光有些昏暗，但自己一把年紀也沒什麼好失去的。體驗價只要兩百。她把阿寶寄放在櫃檯，自己一個人進去。

那些跟自己一樣，被重擔壓垮的的肩膀和屁股，毫不在意地裸露。隨便蹺腳、摳牙、挖鼻孔。終於能休息了。那時她才意識到，隨著年齡增長，為了回應社會的期待，長出跟自己截然不同的人格。對別人的喜好摸得一清二楚，自己的事變得完全不重要。雖然美食街的食物遠遠稱不上美食，但洗完溫泉，一個人坐在餐桌前面，有人為她端來熱騰騰的飯菜，就是天大的享受了。

隔天，在廚房煮菜，她忽然猶豫鹽巴該放多少。丈夫過世，兒子也不知道要不要回來吃。「我發現我自己不見了。」喜歡清淡口味的自己，總是被嫌菜難吃，結果為了看到丈夫、兒子稱讚菜好吃的笑容，總會多放點鹽，多放點味精，費盡心思拿捏火候。當下，她熄了火，把剩飯全倒進鍋子，煮成一鍋稀飯，三餐都吃一樣的東西。其實自己一個人，每天吃醬油配稀飯也沒關係，早餐就吃麥片沖開水，又能降膽固醇。那之後幾年都這樣過，一點都不會不開心，省下的時間就拿去跳土風舞，到附近小吃店唱歌。

但是，兒子最近離婚回家了。襪子、髒衣服又丟得到處都是。

「這都是命啊，我是一輩子勞碌命。」黃媽媽說。

那天晚上，我們在會館過夜。睡覺的地方是整排的上下鋪，二十四小時都是暗的，床頂做成隧道圓拱，螢光貼紙發出淡淡的綠光，各床鋪入口同樣做成半圓形的。老實說，看起來有點像墓穴。拉上腳底的布簾，我們互道晚安。

夜過天明，我們把浴衣隨手丟回籃子，取回置物櫃的衣服和包包，手機裡有滿滿的未讀訊息，讓我覺得自己還是有朋友的。我跟黃媽媽一起走出旋轉門，腦中盤算要去哪裡吃早餐，她說她得回去幫兒子準備，頭也不回地離去，影子在她身後拖得長長的。

我抬頭看，三溫暖會館的招牌鏽蝕了，不知道經歷多少歲月，仿歐式的裝潢在太陽的照射下，有些地方還髒兮兮的。不知道我老家附近有沒有這種地方？下次回家，就在附近的巷子找找看，帶媽媽來三溫暖看看吧。

永無島

平常相親相愛都是假的，
只要我呼吸，吃飯，在這個屋簷下，
對他們來說就是白花錢。

鍾若汐，重考生，19 歲

「媽媽，可以吃飯了嗎？」一回到老家，若汐永遠不知道什麼時候才能吃飯。

「這些要給祖先的，你別動。」媽媽在揀菜。平常她從來不挑菜，買了便當就盡了媽媽的責任，但在阿婆家，這是媽媽少數能做的工作。

「來，這個給你吃。」小嬸切了一塊豆干，反正少了幾塊也看不出來，煙燻臘腸讓若汐吃得很開心。小嬸的手藝是最好的，吃完豆干，大姑又讓她吃了紅豆湯圓，二姑給了釀芋頭……回老家最開心的就是一直吃。還是孩子的若汐問過媽媽：「為什麼你不會做梅干扣肉？」媽媽回答：「剛結婚的時候，我要跟你阿婆學啊，但她說等我教會你，我都做好了。」廚房的煎煮炒炸像打仗，一不小心就被流彈波及。

「吃飽了快出去。」開始挑另一種菜的媽媽催促若汐。

外面很無聊，爸爸和叔叔伯伯看新聞評論節目，有應有答，好像跟主播才是一家人。若汐跟爸爸說想去雜貨店買鞭炮。「好，等一下。」爸爸從來不拒絕若汐，好聲好氣地說話，同學都羨慕她有個又帥又溫柔的爸爸。但他總是一拖再拖，拖到雜貨店都關門了，害得若汐要拜託堂哥分她玩。爸爸就是個這樣沒用的人。其他莫名其妙的阿伯愛捏她的臉頰和手臂，而且很用力，有時隔天還會痛，所以若汐一邊注意爸爸的動態，一邊閃避討厭的阿伯。然後，其他孩子陸陸續續到了，堂哥帶她去買鞭炮，大家玩在一起，也就不那麼孤單了。

「可以拜拜了。」

阿婆對著列祖列宗的牌位叨唸，爸爸和他的兄弟排列在後，媽媽和嬸嬸也放下手邊的事，剩下兩個姑姑和小嬸嬸在廚房。「姑姑、嬸嬸拜拜了。」若汐最喜歡這種時刻，揪出所有遺漏的大人，宣布阿婆的命令，讓大人們乖乖聽話。

「我們不用拜。」大姑說。

「為什麼？」

「嫁出去的女兒，會分走家族的福分。」小姑抽菸的樣子很好看，但她也只有這個時間可以抽。那時年幼的若汐還不知道，她的名字也是這樣來的——仿若潮汐，一去不返——嫁出去的女兒是潑出去的水。

「那我也不去。」雖然不太懂嫁出去的意思，但她們現在不就在老家嗎？反正站在那裡很無聊，也聽不懂阿婆在說什麼，只知道跟著大家鞠躬和跪拜，不小心還會被香灰燙到。

「你現在是鍾家的孩子，等到嫁出去才不用拜。」大姑說。

「阿婆一定不會來找我。」若汐很有把握，阿婆只會找孫子，乾脆趁想吃的東西還冒著蒸氣，一口氣吃一輪，而不是等它們油膩膩地結凍。若汐很後悔，她太晚才發現有人不用拜拜的祕密。至於拿不到的菜，大姑都會幫她拿。小嬸嬸則是在爐邊顧火，已經能聞到蒸籠裡傳來的香味，絕對是摻了蝦米的蘿蔔糕沒錯。吃飽了還想再吃的若汐忍不住問：「為什麼嬸嬸這麼厲害？」

「沒有啦，嫁雞隨雞，嫁狗隨狗。」小嬸嬸難得露出笑容。

「可是我屬老虎。」因為這點，在少子化的時代裡，若汐還是沒有做花童的機會。「同學還笑我是母老虎。」

「沒關係，趁現在好好學，你還有很多時間準備。」

「我不能參加婚禮，但是可以結婚嗎？」

「當然可以。」

「可是我不想變成雞或狗。」

「就做一隻母老虎吧。」小姑姑熄了菸，蹲下來看她，若汐卻只注意她內褲的顏色。

「山裡的老虎好。」「老虎不錯。」「母老虎才不會被欺負。」大人們笑了起來，讓若汐覺得做老虎是一件很酷的事。後來被媽媽發現沒拜拜，挨了一頓罵。「你以後嫁出去要怎麼辦？」總算能吃飯的時候，若汐已經吃不下了。二伯還說：「奇怪這孩子白白胖胖的，怎麼會吃不下呢？」

那時的若汐還不知道，這是最後一次的家族團圓。

阿婆要所有女兒放棄繼承財產，無論是房產或現金，全場一片靜默，連叔叔伯伯都不跟電視主播講話了，孩子們出去放鞭炮。之後過年，很少在阿婆家看到幾個姑姑，剩下小嬸忙裡忙外，變出一大桌菜。大人們照樣焚香祝禱，說話給牌位聽。

等到若汐識字以後，才發現爸爸和媽媽雖然還活著，但名字都用紅紙寫在牌位上。清明掃墓時，堂兄弟們大清早浩浩蕩蕩前往墓地，就連不會走路的小表弟都被抱著去了，出席的人能領一千元紅包。女孩們則是備料、做家事，用很難用的拖把，拖永遠拖不乾淨的磨石子地板，但沒有紅包。有個堂姊總在床上滑手機，說是身體不舒服，媽媽則說她不乾淨，但下午要去河邊玩水時，她立刻就好了。堂姊有一套自己的邏輯。「你聽過山嫌人髒的嗎？」

毀家滅祖。

這四個字從未出現在她們腦中——但她們已經這麼做了，如果有足夠的機會，她們會成為堅定的無神論者。當若汐的月經來了，雖然生活多了很多麻煩，但她也很開心，終於有藉口不用早起拜拜了。

✳

「你以後千萬別像你堂姊，年紀輕輕就交男朋友，沒結婚就生孩子，整個人生都毀了。」這是媽媽某陣子最關心的話題。

「我不會。」

「你怎麼這麼確定？」

「我不喜歡男生。」

「你以後就知道了。」媽媽結束對話。

跟媽媽對話最討厭的一點，就是自己明明有答案，但總是被「以後」打敗：經期不能吃冰，「以後」會經痛。現在打電動，「以後」會輸給別人。不學著做家事，「以後」嫁不出去。

若汐很喜歡那個堂姊，也佩服她大學還沒畢業，就決定一個人帶孩子。另一個堂姊則是過了三十歲還沒交過男朋友，一直被親戚追問什麼時候要結婚。這不是很矛盾嗎？要你乖乖在家，真的這麼做了，又好像犯了什麼罪。

若汐一直都喜歡女生，以後絕對也是。

幼稚園海豚班的琪琪，總是綁兩根U形的辮子；笑聲很有感染力的小雅，連坐雲霄飛車的時候都能笑；合唱團的鋼琴伴奏，明明只學過一年鋼琴，但所有時間都在練曲子；用原子筆在大家手臂畫蓮花的小虹……最近是坐在隔壁的芷寧，她可以同時左右兩手轉筆，讀《彼得潘》英文版。她說莎士比亞那個時代，女性都由男性演出，像是奧菲莉雅、柯蒂莉雅、馬克白夫人都是，不知道到了什麼時候，才終於有了女演員。《彼得潘》一開始也不是小說，而是給大人看的舞台劇，那時的名流都會盛裝出席，整個觀眾席都是他們的伸展台。到了《彼得潘》那個時代，劇作家和導演開始用年輕女演員來演出彼得潘。

「那彼得潘看起來不就像個T嗎？」若汐問。

「沒錯，而且一群大人演小孩，感覺是不是很詭異？」兩人像是發現了什麼祕密，只覺得不可思議。標榜給兒童看的舞台劇，卻只有付得起錢的大人來看，這到底是什麼意思？若汐不懂，因為她沒看過小說，更沒看過劇本，只看過迪士尼動畫版的《彼得潘》。但若汐還是很開心地知道了，原來彼得潘是女孩子啊。

最近，芷寧決定要寫情書，認識十二班的泳隊。

「這個時代寫情書，你不覺得太沒效率了嗎？」若汐說。

「但是我不想被他知道，是我喜歡他。」

「他早晚要知道，你先告白比較好吧。」

「我只是想讓他知道，不管怎樣，他都是被喜歡的，讓他比賽受傷的這段時間也不要太灰心，這樣就夠了。」

少女心，海底針。若汐是不懂的，但她必須負責送信，因為他們上同一間補習班。

「你的朋友就是你吧。」收信的少年說。

「我只是個送信的。」若汐回。

「不承認也沒關係，你也滿正的，要不要加個聯絡方式？」少年翻出手機打開 QR code，應該是若汐這輩子看過最快的速度。本來不討厭這個人，才答應了來送信，但他這麼一做，讓若汐決定了，絕對不可以把芷寧交給這麼輕浮的人。

「還是不要吧。」

「慢慢來也可以，我等你。」

「等屁啊你。」若汐只想打歪他的鼻子，但不管是拳頭還是嘴巴，若汐都忍住了，重要的是說服芷寧，對這個男的死心。

只要得到關鍵的證據就夠了。

「十三班那個怎麼辦？泳隊的都叫她周大嫂了。」

「你怎麼知道？」他笑了，又說：「你真的很關心我。」

這男的是白痴嗎？情報搜集是最基本的工作，但這下反而讓他誤會了，我才是真正的白痴。若汐覺得自己輸了——這就是媽媽所說的「以後你就知道了」嗎？

「不管你相信不相信，我不喜歡你。」

「那還用這麼可愛的信封，親自拿給我？」自信過度的男生，不管什麼時候都好想揍他。他繼續說：「當然，還是你本人比較可愛。」

拜託你也換個形容詞吧，連續用兩次可愛，不能接受芷寧竟然喜歡這個表達能力貧乏的人，自己竟然還認真想讓他們在一起！若汐向來對自己看人的眼光很有自信，但這次失敗了。她抽走那封還沒被打開的信。「就當我們什麼都沒說過吧。」

「我們是什麼都沒做啊……」他除了腦子以外，耳朵也有問題。

受了這次的刺激，芷寧必然會義無反顧地愛。若汐無能為力，因為她知道，理智無法阻止一個人的行動，反而會將人推向極端。

努力得到的才是最好。

阿婆本來很討厭小嬸嬸，從來不吃她做的食物，怕小嬸下毒，小嬸總要在阿婆面前吃一口，阿婆才吃第二口。但姑姑做的東西就不一樣了，阿婆總是大肆稱讚——雖然她們現在也不講話了。這幾年，小嬸把阿婆照顧得無微不至，阿婆只是吃幾口東西，小嬸就覺得苦盡甘來。但小嬸完全可以不做，跟別人一樣擺爛就好。話說回來，阿婆為什麼會那麼害怕，難道她做過什麼事嗎？還是聽說了什麼？我們家演過宮鬥劇嗎？若汐根本不敢想下去。

芷寧會取代十三班的，成為新的周大嫂，他們會交往、結婚，然後這人渣絕對會外遇，一定要勸芷寧不要戀棧周太太的位置，該離婚就離婚，掌握證據，贍養費讓他賠到死。萬一芷寧懷孕了，而他們不打算結婚……若汐就出社會工作，讓芷寧繼續讀書，兩個人一起養大這孩子。

「你太照顧我了……」芷寧聽了這計畫，笑到肚子都痛了。「我只是覺得他長得有點像田柾國，你不覺得嗎？」

「完全不像。」

「看了電影，覺得寫情書很浪漫，但我們果然錯過了那個時代。」芷寧的重點完全不在人身上，只是單純想做這件事。「仔細想想，這麼奇怪的事，你應該要勸我，而不是幫我啊。」

怎樣，現在要說是我的錯嗎？若汐的悲壯心情消失了，只覺得一切都很荒謬。但說到底，這兩個少女只是做著自己想做的事，對別人一無所知罷了。

「反正情書也是網路抄來的，不用太在意。」芷寧扔了沒拆的信。現在年輕人的感情都這麼隨便嗎？若汐懷疑自己老了，或是家庭教育太保守，讓她無法跟上芷寧的思考。但確定了這兩個人不會交往，若汐總算放心了，可以陪著喜歡的人，一起喜歡ＢＴＳ，這樣就夠了。下次去剪頭髮，換成田柾國那樣側分的髮型吧。相較之下，泳隊那群人時不時喊若汐二嫂，也就不算太糟的事了。

✳︎

如果你喜歡的女孩很聰明，成績又好，那麼她考上的大學，你可能無法考上。

這點若汐早有心理準備，只是沒想到，連同一個區域的學校都很難。在大學錄取率破百的時代，若汐毫無懸念地，落榜了。雖然來得及參加私校獨招，但私校學費貴，家裡又死要面子，她必須讀公立大學。

重考班可能是一個選項。

爬文、打電話、到班試讀——這是一條比想像中更孤獨的路，不像高中的時候呼朋引伴，團報打折。別的學生都是父母來問，甚至是上了私立醫科，還要拚第一志願的前段班。補習費加上住宿，超過若汐十七年來存下的紅包錢。她的打算是，如果沒用的爸爸不肯借錢，她就先去打工。只是高中畢業的若汐，能找到怎樣的工作呢？難道就像阿婆常說的，去工廠做工嗎？

「很多人吃飯都有問題了，還去重考班浪費錢？」「女孩子讀那麼多幹嘛？」「家裡房貸繳完了嗎？」「讀私立學校一邊打工，也比重考班便宜啦。」親戚拿他們孩子失敗的例子來說嘴，堂哥就是讀沒聽過的私立大學，一直忙著打工，才會被二一的好嗎？

「以前我考上女中沒去讀，因為家裡很窮……」阿婆舊事重提，說起她考上女中的往事，證明她很聰明，但她的遺憾不該拿來阻礙後代的路吧。

「我們自己在家讀，不是很好嗎？」在家裡保證會支持寶貝女兒的爸爸，忽然改變風向，順著阿婆的意思，不讓若汐重考。而且家裡早就可以繳清房貸，是他跟媽媽不要。落榜之後，媽媽說重考班這種事不用告訴阿婆，但暑假不回去好像說不過去，爸爸大嘴巴就說出來了……

「你看我們鄰居那個孫女，考到第一志願，博士畢業，還不是在家帶孩子？」阿婆的腦子就記得這種無關緊要的事。

「姊姊如果把錢花光，我就不能上大學了。」才上高一的弟弟還補刀，若汐上輩子跟他有仇嗎？

阿婆、爸爸、弟弟——平常相親相愛都是假的，若汐終於明白了，只要我呼吸、吃飯，在這個屋簷下，對他們來說就是白花錢。阿婆本來就討厭若汐，爸爸做事不可靠也不是第一天知道，弟弟現在讀私立高中，根本沒資格說若汐吧。為了毀掉他的未來，若汐應該盡快花掉家裡的教育基金，明天就去報獨招。

「我會出錢，不花你們鍾家一毛錢。」媽媽說。最常抱怨家裡沒錢的她，此刻是最堅定的人。

「在麵包店賺不少喔。」「養到這麼大，也花了很多啊。」「我們也不是說不出啊。」旁人的閒人閒語並沒有打住，但若汐不用擔心學費了，她這才發現，真正站在第一線保護她的，是媽媽。難怪阿婆這麼討厭媽媽。

「紅包你留著，」回家之後，若汐做了預算表，要跟媽媽借剩下的金額，但媽媽讓她留著紅包，只說：「既然要重考，就一定要考上。」

打包行李，窩進鴿籠一般的宿舍，若汐展開為期一年的重考生活，居住樓層也以考試成績決定，考越高住越高。上午七點半開始寫考卷，讀到晚上九點四十分，中間上廁所不能大聲聊天，幾乎都要忘了怎麼說話。有人失眠、有人憂鬱、有人焦慮，有人領到重大傷病卡，只要喊一聲，大家都會分享自己的處方藥……也有人交了男女朋友，有人約炮，有人不用管這些破事，反正台灣不適合他們，之後出國唸書就好了。有的前輩考了二三四五次，看著同學參加××之夜，拿到不屬於自己的共筆，看別人穿上畢業服，應屆考上國考……重考生的悲慘氣氛是無盡的輪迴，若汐發誓一定要離開這座地獄。

「後來就麻痺了，上網搜國外的學校，說不定有能收我的。」室友這麼說。

我只是想待在芷寧身邊，怎麼就來到了這種地獄呢？

星期日是唯一的救贖。

若汐在網路社團認識了在學重考生，一開始是互相交流喜歡的小說，但後來則約到速食店讀書。小岸總會解開很難的題目，解說也比解題老師更清楚。其實她這麼強，根本不用浪費時間在若汐這種等級的考生，但她總是說：「反正我也要準備。」她重考了兩年，邁入第三年。現在讀的學校已經很好了，是若汐重考也考不上的那種，那她到底是要考去哪？就算考上了，就要捨棄努力了三年、即將到手的學位嗎？

「要來我住的地方嗎？」

某天，小岸凌晨四點發來訊息，但若汐醒來才看到。但星期日上午，大家像坐牢放風一樣地衝出去，宿舍空無一人。若汐轉發問室友群意見。「一定是約炮。」若汐回：「她是女生。」「女生也可以啊，反正你沒什麼吃虧的。」「試試看，真的很紓壓。」「而且做完之後，腦子都變好了，可以趁這個時候解題目。」「大不了，以後封鎖她。」認真的問題，通常只得到胡鬧的回答。重考生的腦子迴路都怪怪的，為了成績不擇手段。但如果拒絕，以後沒人幫我解題了怎麼辦？

過了中午，若汐才回覆：「好啊。」

小岸的學校在山邊，比若汐以為的偏僻，在捷運通車了這麼久以後，這裡還是只有公車。

她一個人住。

跟著走進電梯，感應電子鎖，進了大門——從沒看過這麼大的套房，一進門能看見一台電鋼琴、大螢幕電視、兩人座沙發，以及一張L形書桌，玻璃隔間裡面是雙人床。

「你可以在這裡讀書，有問題問我。」小岸看起來比之前更瘦了，黑眼圈也很深。若汐拿出補習班講義和計算紙。倒完柳橙汁之後，小岸就說：「我去睡一下。」走去透明房間的床上，躺下。門也沒關。

這是什麼暗示嗎？還是什麼讀書 Play？

過了不久，傳來輕微的呼吸聲。這不是裝出來的吧？雖然很奇怪，但這裡並沒有危險。做題的效率很高，因為這裡真的很舒服，不管是誰在這裡都可以讀書考高分。兩個小時後，若汐肚子餓了，甚至走到了小岸房間門口，她真的睡得嘴巴開開，肚子露出來。

要叫她嗎？但怕嚇到她。還是先傳訊息看看。但沒用，因為小岸的手機靜音。最後若汐收拾好了包包，撥了通話給小岸。

她這才醒來，發現若汐真的要走了。「要一起吃外送嗎？我請客。」小岸說。但若汐拒絕了，畢竟那杯柳橙汁，她從頭到尾都沒碰，更別說是吃的了。

「我送你搭公車。」她抓了外套，替若汐開了門。

走在傍晚的街道，若汐還是不懂自己為什麼在這裡——有人把朋友（如果她算朋友的話）叫來，就為了什麼事都不做地睡覺嗎？

「謝謝你，我已經好幾天沒睡了。」小岸說。「聽到有人在旁邊讀書、翻頁的聲音，就覺得很放鬆。」

「那你去重考班自習，一定可以睡很好，高濃度的二氧化碳。」若汐每次進補習班就想睡。「不然我可以幫你跟室友拿藥，室友說她有很多。還是你需要聰明藥？我自己吃了是沒用，但你需要的話，有管道能弄到。」

「你們補習班聽起來滿有趣的。」

「才沒有，在那裡快得了失語症。」每個星期日，若汐都像是要把一週分的話給講完，說了重考班亂七八糟的事，也有那種成功重考上寶山醫學院的勵志故事。但地縛靈十年的故事太可怕，若汐就沒說了。

「聽你說話好有趣啊。」小岸不像是出自禮貌，而是真心讚美。

「你才是，大學可以玩四年。」

「反正要離開，系上的活動我都沒參加，也跟同學不熟。」

若汐看著小岸，才想到重考班儘管頹廢又艱難，但小岸一個人準備重考，沒人可以商量，或許比若汐更無助。

「第三年了，我差不多要放棄了。人類是有極限的。」

若汐跟她才差兩歲，為什麼感覺她很老很老了？為什麼在凌晨四點傳訊息給她？但公車來了，這個問題她還是沒問出口。透過公車玻璃看著小岸，小岸也看著她，留在原地——被別人看著，就是這種感覺嗎？到底是什麼處境，才會讓陌生人來家裡，呃，陪睡呢？

那個房間是她們的永無島，彼得潘有無盡的冒險，重考生也有寫不完的考卷。距離學測九十天、八十九天、五十一、三十九、七、五⋯⋯一起訂炸雞、領外賣、煮泡麵⋯⋯除此之外，她們哪裡都不去，一起安靜讀書，分享歌單，累了的人就去睡覺，在床上、在沙發，兩個人在浮島上漂著。學測當天，數學讓所有考生崩潰，據說是史上最困難的一屆。有人在考完當天跳樓了，那人也是重考生。

這就是她們的未來嗎？

第二天繼續考試，對答案，放榜。指考再輪迴一次。重考住宿生開始打包回家，也有人報了明年的重考班，決心再戰。小岸和若汐的情況差不多，處在一樣的落點，沒有進步，沒有退步。重考的神話，並沒有在她們身上實現。

人生最初的二十年，已經浪費了一年，甚至是更多。

應該要往前走了。

若汐打包回老家的時候，小岸特地來幫忙，送她去搭返鄉的列車。兩人在車站的連鎖丼飯吃午餐。小岸決定讀完剩下的學程，待在本來的學校。若汐則是去讀分發到的學校，成為大學新生。

未來沒有任何題目要解了。

若汐拉著行李箱，獨自走入閘門，但她午餐時一直想問：「你不會忘記我吧？」若汐明白，之後就不像現在一樣，可以常常跟小岸見面，沒人會聽她說這麼多話。而她更想說的是：「我是真的喜歡你。」無論是哪一句話，都淹沒在車站的雜音，小岸遠遠地揮手告別，什麼都聽不見。

「重考一年，結果還不是一樣。」「平常表現很好，但考試運氣不好吧。」「應該不是讀書的料。」「今年的題目太難了。」「別說了，都有人跳樓了。」

這就是小岸每年都會聽到的閒言閒語嗎？

反正若汐要跳出這個輪迴了。出錢的媽媽沒說什麼，若汐很感激這一點。只要是公立大學，爸爸就答應付學費，但生活費要若汐自己打工支付。這很公平，若汐無異議接受了。就算做到了這個程度，阿婆還是有意見。她的意思是，若汐應該半工半讀，連學費都不該跟家裡拿。

媽媽絕對沒有那麼多存款。

爸爸也不說話。

我怎麼會蠢到相信爸爸？為什麼每件雞毛蒜皮的事都要跟阿婆報

備？為什麼阿婆每次都要破壞我的人生？為什麼我們這個家族就沒有爭氣的人？為什麼我無法考上想去的學校？為什麼我的努力都像是沒發生過一樣？

「我去辦學貸，你們不用擔心。」若汐說。

媽媽想說什麼，爸爸立刻附和：「對啊，辦學貸不代表是窮人，你看利率這麼低，拿來投資都划算。」

阿婆很滿意，也是第一次對若汐露出讚許的意思。「人到最後都是要靠自己的，不能靠別人。我剛結婚的時候，從河邊洗完衣服，你阿公幫我晾，太婆就很生氣，丟了一塊石頭過來。那不是開玩笑的，如果我沒閃，眼睛早就瞎了。」

阿婆眼角那個奇怪的垂直皺紋，是疤痕。

那時的阿婆比現在的若汐年輕，所以那是她人生的第一道皺紋吧。之後洗衣、劈柴、煮飯、做農、帶小孩——全都是自己的事。

離開了永無島，溫蒂就長大了，變成了母親、阿婆……因為魔法消失了，彼得潘離開了她。

雖然可以理解阿婆，但若汐不想成為溫蒂。

暑假即將結束時，若汐在銀行門口排長長的隊伍，爸爸推託要工作沒來，結果是媽媽請假簽字。每個月的家族聚會，若汐乾脆不去了，反正她人在外地，阿婆唸她也聽不到。她要打工也要存錢，發誓存到第一個十萬就要投資。三年後，弟弟考上私立大學，爸爸說辦學貸太麻煩，就幫他付了學費和生活費，從頭到尾沒人提起學貸這件事。

那我為什麼要自己付？若汐看著他們父子和樂融融，心裡總會浮上這個疑問。當爸爸承諾「這一切將來都是你的」，若汐都會在腦裡回嘴，我信你我白痴。至於弟弟不知不覺間，變成了爸爸那樣子，覺得這一切理所當然。要手機、要車、要什麼有什麼。若汐則是時不時像媽媽一樣，抱怨自己很窮，運氣好的時候，爸爸也會塞給若汐零用錢。

「還好你讀公立學校，很快就還完了。」媽媽說。

友誼消逝的速度更快，重考班的室友和群組幾乎不聯絡了。她們本來就是為了讀書才認識，未來也沒有共同的目標，剩下的，只是同為失敗者的回憶。

「你記得第一次半夜傳簡訊給我嗎？」「有嗎？」

「還有兩本數學講義，我忘了還你。」「沒關係，我用不到了。」

「你最近睡得好嗎？」「普通。」

跟小岸的對話，也不再那麼熱絡，常常是若汐說著說著，小岸只是隨口應付，不像過去那樣無盡地延伸出去，連續說上三、四個小時。

「我們之後就別聯絡了吧。」某次通話的最後，小岸這麼說。

「我也這麼想。」若汐說。

本來以為小岸指的是通話，但兩人此後也不曾傳過訊息。更後來的某一天，若汐發現通訊錄上沒有這個人了。只是每年暑假放榜，若汐還是會忍不住搜尋榜單 ctrl+F「岸」，她這才發現，她從來不知道小岸的本名。有些事她沒問，就永遠錯過了答案。但也可能她問了，結果被徹底地拒絕。很難說哪個結果比較好。

唯一可以確定的是，曾經有一個人，全然無防備地在若汐眼前睡著，讓若汐以為兩人那麼近，近得無須語言的存在。一切結束之後，她才發現她們的命運只是因為考試而相遇，但一開始，小岸的意識就去了一個很遠很遠的地方，任何人都到不了。冒險結束之後，小岸也只是比若汐早一步長大了，她旁邊可能有別人了，或是忙著更難的課業。

最後，就連若汐也會忘了發生過的這一切。

We are
good.

這麼多年以後，
我才了解這句話不是字面
「我們很好」的意思。

蘇筱嵐，博士生，34 歲

「我笑起來很奇怪嗎？」

「很噁心。」「不會啊。」

妹妹跟我給出兩種相反的答案，這證明一定有一個人是錯的。錯的是我。

問問題的人其實也知道答案，於是哭了起來。

她是我最要好的國中同學，出生的時候有唇顎裂，在台灣和美國做了兩次整形手術，但人中的地方還是有縫合的痕跡。她人很好，常邀我去她家打電動，她媽媽做菜也很好吃，家裡就只有她一個孩子。就算是十四歲的我，也知道養這樣的孩子一定很花錢，更何況我們都讀私立學校，學費貴得嚇死人。

如果不笑的話，她是個很漂亮的女生。

「其實是肌肉的問題，兩邊施力不均勻的話就會很奇怪……」妹妹上網，開始報告唇顎裂的衛教資訊，其實稱不上罕病，因為有六百分之一的機率。但人家想聽的不是這個，因為她，就是那個機率。身為朋友要提供的是安慰，但妹妹永遠不知道這些，雖然她只小我兩歲。爸媽出遠門的時候總要我帶她，省得她自己在家發生什麼危險，把房子燒了之類。就算我千交代萬交代她不要亂說話，但結果還是出事了。

妹妹的名字叫語玲，算命的說希望她言語伶俐，但我只希望妹妹閉嘴，應該改名叫語零。

我的友誼，就這樣被妹妹毀了。

只要有妹妹在，就不會有任何好事。她會躺在柏油路上，說想看頭頂上的天空。過年時一直抖腳敲碗，阿公罵她這樣會變乞丐，更糟的是她頂嘴：「我很聰明，不會變成乞丐。」大家都想過她是不是有什麼問題，但學校課業也都算中等以上，看醫生也說沒什麼問題，就是頑皮了一點。

「不是每個孩子都像筱嵐這麼優秀。」連小學老師都這樣告訴我爸媽，我從小就會提早做完功課，這樣才能趕快出去玩，考試也不用爸媽擔心，教同學一方面能複習，一方面可以交朋友，這樣不是很好嗎？但妹妹就是上課愛講話、作答粗心、又常說錯話被絕交。為了彌補她出包的後果，我覺得自己有責任不讓別人煩惱。這樣的下場就是，我得第一名大家都習以為常，語玲只要進步一點，整個家族就要放鞭炮。

「當初怕你一個人太孤單，想生一個給你作伴。」我媽常常這麼說，但語玲就是個摧毀我所有成就的人，我要教她解題，她跑去看抖音。這個作伴的功能，是不是完全相反了？妹妹做不好，就好像我的錯。我記得我小學的時候，應該不像她這樣吧？唇顎裂的同學被妹妹弄哭了，照理說我應該帶妹妹離開，但電動卡關的地方過不了，也答應了同學媽媽要吃飯，已經聞到廚房傳來的麻婆豆腐香味。

「你笑起來是這樣，但其實右邊要放鬆一點。」

語玲模仿同學的笑容，不得不說扭曲的程度真的很像。她又來了。在別人最痛的地方撒鹽。語玲甚至用手去戳同學歪斜的那一側。「這邊要用力一點。」

同學竟然乖乖聽話，好像這樣可以轉移自憐自艾的注意力。不斷地拉扯嘴角和人中的肌肉，口水都快流出來了。也許今天結束之後，我們的友誼也就結束了。只有妹妹是我丟不掉的障礙。早知道就在家顧妹妹，那樣至少不會有任何損失。我破了這個關卡之後，她和語玲還在練習，不一樣的是，同學笑得比較像正常人了。

「We are good.」

妹妹很開心，突然講起了英文，這是我們兒童美語老師常說的一句話，尤其是對妹妹，在她有微不足道的進展時。

「我們做得很好。」

那個週末過後，雖然其他人都沒注意到，但同學的笑確實不一樣了，而我們的友誼也沒因此毀滅。

練習微笑、大笑、各式各樣的笑，成了我們的另一種休閒活動。我們長大之後，同學又動了兩次手術，科技進步，加上持續不斷的練習和化妝，她的疤痕淡到幾乎看不出來。

但這次事件之後，我決心不帶妹妹去任何地方。這次有好結果，不代表下次也是。從統計來看，她是徹底的絆腳石。如果沒有妹妹，我一定可以過得更好。妹妹也是我的責任，我不會傷害她，但也要把她造成的傷害減到最低。

上高中之後，我從來不提家裡的任何事，同學也不知道我有個妹妹。課業其實沒那麼忙，但只要能補的科目，我都盡量去補，學校和補習班是我的避風港。妹妹反正不會看臉色，只知道我很忙。更重要的是，這樣就不必在家，等待某個未知的風暴。

✳

但終究爆發了。

政府公布了優先免試入學方案，這在我升高中時是沒有的事。但媽媽要我研究，讓九年級的妹妹有機會就讀更好的學校。但我自己也有特殊選才方案，可能連學測都不用考，就能上大學——沒人教我這些事，我不也學會了，妹妹的事，難道她不會自己去學嗎？當然我還是幫她查了，請她填寫某些表格，在某個期限上傳，這樣就可以了。果然，她忘了截止日，而我要準備月考。媽媽發現的時候，已經過了截止的下午五點。但我能怎麼辦，學校又不是我開的，而且看看妹妹在做什麼——她在打電動。

「對不起，媽媽不是台灣人。」

我媽是印尼來的，到了台灣才學中文，閩南語說得比國語好。而媽媽說的國語，我其實聽不太懂，也不想聽懂。「妹妹不是你要用的。」她想說的應該是，妹妹不是我的責任。但事情不是這樣的，我很多新住民二代同學也很正常，不像妹妹這樣。問妹妹做了什麼，她只會講些根本不重要的事。

「我不認識台灣字，只能做工作很辛苦，你們要讀書。」

我知道，我媽因為中斷學業，一直很在意我和妹妹的學業，就算跟爸爸吵架、面對親戚的冷嘲熱諷：「女孩子唸這麼多書要幹嘛。」「讀大學難道會飛嗎？」也要賺錢給我們兩個讀私立學校。但我不想要媽媽的道歉，而且妹妹一定有什麼問題。隔天，我跟學校請假，冒充是語玲，跟承辦人交涉補交資料的事，對方說可以補交，我就把熬夜準備的資料立刻寄過去，讓語玲擠進入學的窄門。至於我自己，捨棄充滿不確定性的特殊選才，跟廣大的考生公平競爭，省得勞心勞力又落人口實。

我解決了語玲的問題，唯一的交換條件是：帶妹妹去看醫生。

一定要查出她到底有什麼毛病。

最後歷經了兩年求診，錯誤的診斷、不對症的藥物，直到她十六歲時，才終於有了答案。

亞斯伯格症。

✳ ✳

一切都可以解釋了。

「我不會變成乞丐。」

「堅持自己的標準。」

「忘記別人上一秒講過的話。」

妹妹先是被診斷為ADHD，後來是亞斯伯格症，幾年之後，「亞斯伯格症」竟然也消失了，又回到自閉症的光譜。反正妹妹也長大了，醫生說不用吃藥，我們逐漸找到一種和平相處的方式，讓她明白這社會有一些沒被說出來的潛規則。但不管這個病有沒有名字，醫生都說了，這是遺傳性疾病。在我身上雖然沒有症狀，但我的孩子就很難說了。雖然說起來很可笑，但我跟人正式交往都會強調，我妹妹有這個狀況。畢竟到了論及婚嫁才因為這原因分手，對我來說太煩了。如果整個成長過程重來一次，我有辦法承受嗎？一想到這件事，我就會嚴格執行避孕措施，保險套、吃藥，畢竟比亞斯、唇顎裂更嚴重的狀況，也不是沒有。

自閉症的機率是百分之一，或百分之三點五，如果放寬為「亞斯特質」，可以到十分之一。

六百分之一，相較之下就不算什麼了。

專注在課業，應該是最單純的一條路了。

結果我到了公車就能到的地方讀大學，反而是妹妹到了外地，我在北，她在南，我們的關係變好了。她會問一些她不懂的狀況，而我遠端分析該怎麼應對，和妹妹一起整理屬於她的行為守則：

「反駁別人的話，他們會生氣，所以妳要說我以後會改，但不用真的改。」

「別人煩惱的時候，並沒有想解決問題，只要聽他們說就好了。」

「如果真的沒辦法處理，妳就說我有病，並且表現出需要被保護的樣子。」

妹妹有一種特質，就是不管她做錯什麼，大家都會輕易地原諒她。跟她交往過的人，剛開始都覺得她天真可愛，最後也受不了這種直線邏輯。但她只是需要明確的歸納，試驗人類的各種反應。她做得越來越好，而且沒有多餘的干擾，執行得更徹底。

「謝謝你叫媽媽帶我去看醫生。」語玲說。「不然我就沒有機會知道這些事了。」

雖然這不是我的本意，那時候只是太生氣了，又不知道問題出在哪裡，只好讓醫生背書。但就連發現「亞斯伯格症」的亞斯伯格醫生，也是個恐怖角色，他本人支持納粹，只是把自閉症兒童強行分為可教化和無法工作這兩種，在資本主義運作的機制下，有用的就安排工作，沒用的送去安樂死，完成雅利安人優生學的目標。幸好歷史不是妹妹的興趣，希望她永遠都不知道這件事。

或許，她才是神的使者，比普通人更早擺脫了不必要的煩惱。

有一天，她說要來我的學校，見某某系的講師。妹妹的人脈這麼廣啊？但或許也不用驚訝，她本來就很愛到處跑，有無限的精力。

那是我第一次意識到，妹妹可能抵達了比我還遠的地方。

年紀大我們一截，已經是社會人士的大叔，邀她到家裡作客，準備了紅酒和牛排，那個世界令人嚮往——畢竟我這個年紀的朋友，頂多是到朋友家吃炸雞披薩打電動。

這是妹妹的求救訊號嗎？但她應該只是告訴我有這件事，不是要我瞎操心。

我注意到某個妹妹可能忽視的風險。

要她到了別人家之後，把自己的座標傳給我。

我不想預設對方是壞人，但如果妹妹失蹤了，我知道到哪裡去找她。做好準備，總比什麼都沒準備好。我隔半個小時就會傳個訊息，她有時回，有時沒回，她可能只是覺得，姊姊對她吃了什麼、做了什麼很好奇，就一五一十忠實地報告給我。畢竟我就在這個學校，什麼傳言沒聽過呢。她連續兩個小時沒回的時候，我待在社團辦公室，查遍了對方資料，風評確實有點可怕，我幾乎都要衝到對方樓下了。雖然從我家過去也不遠，但待在離她更近的地方守護她，讓我比較不害怕。

凌晨兩點，妹妹終於離開了，我們約在校門口見面。

我最不希望的事情發生了。

我沒有保護好妹妹。

對待亞斯，就是不能委婉地表達。我竟然只問她吃了什麼、喝了什麼，就是沒問身體的接觸。

從她所說的一切來看，這絕對是約會強暴。

雖然從她的角度來說，這只是一種冒險。

「沒想到會發展得這麼快，一般都不會第一次約會就上床吧？但我有堅持戴保險套。」她說。這個連我都很難徹底落實的健康教育，她倒是做到了。「而且大部分的時間都在洗澡、吹頭髮，性交的時間不到五分鐘就結束了。」

該怎麼說呢，重點好像不是時間。

「但如果姊姊說這算權勢性侵，那肯定就是。」

我們一起研究性侵的定義，語玲發現有些抵觸的地方。「我們不是真正的老師和學生關係，無法進入性平會，我也是成年人，嚴格來說有可能被判斷為合意性行為。」

冷靜客觀的分析。

這一切，是凌晨兩點到五點之間，我們釐清的所有細節。

「妳好堅強啊。」我說。如果發生在我身上，大概還在想這算不算「性侵」，陷在「抵抗是否足夠」的迴圈，但妹妹果斷地放下。

「沒事的，We are good.」妹妹說。

這麼多年以後，我才了解這句話不是字面「我們很好」的意思，而是事情已經很糟了，但我們需要一點希望。兒童美語老師真正的意思，不是妹妹做得很好，是我們在努力說服自己沒事。

會說「沒事」的場合，絕對是有事。

「我們很好」，就是「我們不好」。

但語玲不知道這點，沒人跟她直說的話，她就永遠不知道。

「提告沒有任何好處。相反地，握有對方把柄，是更有利的一件事。」語玲說。「他太太在國外出差，他一定不想被知道。雖然我沒有受傷，但總有一天別人會受傷。我要告訴他不能這樣下去——以一種成本最低的方式，我也不用上法院冒著敗訴的風險。」語玲說。「讓他買一支手機給我好了。」

一瞬間，就從受害者的位置切換成旁觀者。我都忘了，妹妹不是普通人，她在測試人類的距離、社交場域的規則。藉由越來越多的實驗，訓練自己成為普通人。

這個約會意外，不能阻礙她的普通人設定。

一個遊戲如果失敗了，就換另一個遊戲。

人生很複雜，但遊戲有規則。

無知的人都要付出代價。

妹妹已經到了某個非常、非常遙遠的地方。

我害怕，我會追不上她。

大學畢業之後，學校的工作就像待在溫室，當然有許許多多的危機，一個不小心就被學生控訴體罰，就連畢業的學生都有問不完的問題，這麼專業的東西，我一個中文系畢業的人怎麼可能會知道，你難道不會去問你們系上的教授嗎？但就算這麼說了，學生也只說：「我比較相信你。」我還能怎麼辦呢？相較其他工作，假日還要出差上班，我雖然也要改作業備課，但下班以後很少接到電話，學生要加我社群帳號，就開一個學生專用的帳號給他們。

跟同一間學校的老師穩定交往兩年，夢想在附近買一間公寓。我們約定了不生孩子，準公婆也從來沒問過，或許是在我不知道的時候，男友溝通過了。我很感謝他不逼我。唯一會勸我的是我媽，聽到我絕對不生的決定，總會說：「不然生一個就好？」

但她自己不就是打算生一個，結果弄了兩個焦頭爛額？媽媽總掛在嘴邊，說她是高齡產婦，三十四歲才懷了妹妹。兩年前生我的時候很順利，想不到第二個竟然妊娠毒血症。想趁龍年生個孩子，結果妹妹太晚出生，就屬蛇了。這樣的生育計畫，根本等於沒有。更何況他們在妹妹生出來以後沒空照顧，就把妹妹送回印尼外婆家，直到幼稚園才帶回台灣。如果第一個出生的是妹妹，那我還會出生嗎？產前檢查不也是亞斯伯格醫生的優生學嗎？

雖然因為這件事，我們比其他人都堅強，但如果可以輕鬆過日子，何必這麼吃力呢？我在學校已經看了很多孩子，最難過的是遇到懂事、日子卻辛苦的孩子，我有時會請他們吃飯，替他們分析警大為什麼比名校好，頂多只能做到這裡。

我這輩子就這樣了嗎？

對於眼前這個可能要相處一輩子的對象，就像妹妹說的：「穩健的投資。」她在網路上教女孩們辨識交往對象的屬性，公布了自己歸納的規則，還開了工作室。雖然收入不太穩定，但也算是衣食無虞了。

我相信她。

也相信他。

只是不知道這是不是我想要的。

我懷念扎扎實實讀書，按照課表行動的日子，學了另一門語言，決定到國外讀碩士，最好連博士一起拿回來。出國以後，第一個挑戰是聽力，老師同學甚至是路人都不會用書裡學到的對話，速度快加上流行語，根本就不知道他們在說些什麼。唯一有耐心跟我說話的是修過教育課程的同學——這大概是因為他們常常要面對我妹妹這種特殊學生，所以他們知道我的困難，也會一步一步釐清我不懂的地方。原來這就是妹妹的感覺嗎？對於完全不懂的世界，想要多一分掌握。人多的時候，我還會假裝知道他們在聊什麼，但如果是可以信賴的人，我會老實地說我不懂。

How are you?

Good. How are you?

Good.

這是我每天跟室友的真實對話，沒人會回答：「I'm fine. Thank you, and you?」更不會掏心掏肺回答你今天怎麼樣，那會讓人很困擾。因為去超市結帳，店員也會問這句，你甚至可以不回答，直接重複這個問句，不管怎樣，都會以 Good 結束。我們的英文課本到底什麼時候才要改過來？Good 不是好的意思，它是一個句號，意味「到此為止，我們不用有更深的理解。」某天，我跟室友照常打招呼，她不經思索就答了「Good.」但馬上接著說：「No, I'm sick.」其實她頭痛失眠了整個晚上。這才是典型的美國對話。

「I'm good.」這句話也可以省下很多錢。比如說到了餐廳，服務生來問你要不要點飲料。「Would you like something to drink or you are good?」「I'm good.」聽到學長姊這樣回答，我發現「I'm good.」其實是「不」的意思，而不是「好」。就算你點了套餐，服務生還是會時不時來問你：「Are you good?」如果要加水就加水，如果確認沒事，他們得到了Good，就可以安心走了，賺得他們的小費。

「要幫忙嗎？」“I'm good.” 去別人家作客，「要不要吃點心？」“I'm good.”「我有事要先走囉。」“I'm good.” 跟狀態無關，就是一個確切的「不用，我沒問題」。很多我過去覺得必要的事，現在都可以說不了。「你冬天怎麼還喝冰水？」“I'm good.”「月經來可以游泳嗎？會不會引來鯊魚？」“I'm good.”「洗頭之後不吹頭髮嗎？」“I'm good.” 我好得很，你管好你自己就好了。

當初支持我留學的男朋友，在遠距離一年以後分手，半年後跟同校的女老師結婚，然後在我碩士畢業時生了孩子。一個蘿蔔一個坑，他對誰都一樣，他喜歡的不是我，只是我剛好在那裡，符合他對生活的要求。我不怪他，遠距離本來就是不可能的任務。他提分手的時候，我也覺得仁至義盡了，我喜歡的也不是他，只是他是最有可能陪我完成這套社會價值標準的人。如果上個世紀的人在追求自由戀愛，擺脫媒妁之言門第之見——那到了我這一代，是不是可以不用戀愛了？這種論調像是妹妹會說的話。但如果不離開，我永遠不知道自己可以在別的國家生活，說另外一種語言，跟著當地人在下雪天喝冰水。這也是一種自由。難的是告訴我媽，好端端的一個女婿就這樣飛了，但她很快就接受了事實。「你應該走，離開才有機會。」

離開，沒有想像的那麼辛苦，因為這一切，我們早就經歷過了。作為孩子的時候，我們根本沒有任何選擇。沒有了實為剝削的愛、沒有義務、沒有伴侶、沒有人照顧……大部分的時間其實都可以忍受，跟小時候那一大家子人的指指點點比起來，我不必回答自己幾歲了、表演才藝、問候根本不知道怎麼稱呼的親戚——作為一個普通人，努力三十年也夠了吧？

「你好嗎？」跟我媽通 Line 時，我常常這麼問。

「語玲要結婚了。」我媽說。

✳✳

「這完全不像你。」我看到妹妹婚紗照的時候，根本認不出來。

語玲按照新娘祕書的建議留長髮、染髮，穿上婆婆覺得很喜氣的婚紗，雖然大家都覺得很醜。「反正婚紗照就用這麼一次，以後也是堆在角落生灰塵，不見天日——根據ＰＴＴ離婚版的經驗。」語玲說，離婚版比結婚版有參考價值。結婚版多是沒結婚在看熱鬧，不然就是她這種第一次結婚的小白。但離婚版就是真金白銀的血淚教訓。妹夫代表的男方是大家族，如果沒這沒那，可能會臉上無光，就讓他們花吧，解釋也要花力氣和成本的。語玲收下她不會戴的鑽戒。「我不需要，但感覺他們想買，應該是因為這樣可以說『我有給我媳婦×××』，可以說一輩子，算是很划算的買賣。要不是結婚，真不知道有這種事。」

經歷了那麼多之後，語玲能遇到妹夫，一個能接受她一年丟好幾次錢包的人，真的很幸運。妹妹的無理要求，他都盡可能完成，為了結婚，他做了大多數人都做不到的事：買房。我們已經是習慣濕冷天氣的台北小孩，住在狹小的公寓，但妹妹一看到三芝的別墅就動心，堅持要買這間，妹夫就每天開超過一個小時的車上班。這裡夏天適合避暑，冬天卻比最冷紀錄的淡水和板橋還冷一、兩度。沒多久，語玲就說她不住了，她要跟著妹夫外派南部，好端端的別墅就放在那裡發霉剝落。當初買房要她多看幾間，她偏要別墅，現在被套牢了，妹夫也從來不抱怨。

那之後，妹妹在台灣，我在美國，因為時差的關係很難講到話。後來她孩子出生了，因為沒辦法睡好，反而隨時都上線，只是對話常常因為要照顧孩子被打斷。婆婆甚至提出要到南部來照顧孩子，但妹妹極力拒絕，因為婆婆很可怕，以前就跑去賺錢不顧孩子，現在卻搶著帶孫子，說些：「現在年輕人都不像我們那時候，一個人帶三個小孩，現在兩個大人顧不了一個，唉。」

外甥女就像天使一樣，很少哭鬧，視力聽力也都正常。我們一直很怕她有亞斯、ＡＤＨＤ或什麼我們不知道的東西，連當地的兒童門診都找好了，但一直以來都沒有，就連主動問小兒科醫師，他們也說看不出來。畢竟語玲不到三十歲就生了第一個孩子，沒必要擔心。另一方面，既然她有了下一代，我的心情就輕鬆一點了。跟學姊聊起是否凍卵的話題，她翻了白眼。「我四十五歲生孩子，緊張得要命，醫生每次都一臉『你有事嗎』的表情，他說現在科技跟人類都進步很多了啦。我覺得，反正該有的就有，沒有的就沒有啊。」

六百分之一，百分之一，十分之一。

我無法忘記這些數字。

「你不怕孩子也是亞斯嗎？」我問語玲。

「就算得了媽媽手，裝支架都可以抱孩子；常常整天都沒換外出服，看起來像個瘋女人；就算孩子被婆婆寵壞了，但她回到我身邊，還是知道我才是媽媽……因為有孩子，現在的我比較不怕了。」

知道自己是誰，在追求什麼，現在的妹妹就像是復健的運動員一樣，只要有一口氣在，就會頑強地活下去。因為這世上有她絕對不能失去的東西。

反過來說，其他的東西都不重要。

她完全追過我了。

還好有勇敢的妹妹，我才有機會成為一個幸福的阿姨，這一生也不算是白費了吧。

出國讀書最大的差別，就是可以安心地說「我不知道」，別人也不會把你當白痴。因為很多字他們也唸不出來，研究所也有很多外地人，只是外地的程度不同。過去在長大的過程裡，隨著我年紀越大，越難說出「我不知道」——也可能是因為我媽把全家說這句話的額度都用完了，就算我說了也沒用，事情還是會落到我頭上。

寫論文是完全相反的一件事，在前人的研究中，想辦法證實：我確實知道某一件事。上課、研討會、教課——我從碩士讀到博士，到了論文階段，卻一直被指導教授駁回，可以說是山窮水盡的地步。別人讀五年，我竟然七年都還沒畢業。看別的博士生攜家帶眷，而我讀到在交友市場失去競爭力，雖然我也沒努力，連滑手機看人自我介紹的耐心都沒有。這些人的語言能力怎麼這麼差，連一個完整的句子都寫不出來。回想我在教國文時，應該教學生寫自我介紹，這才是功德一件。

聖誕節假期回家過年，聽到中國有奇怪的肺炎，台灣這麼近，遲早會守不下去，就跟ＳＡＲＳ一樣。我媽讓我別過年了，提早回美國，結果過了一個月，美國成為全世界疫情最嚴重的地方。醫院滿載，少數族裔因為無法溝通而被放棄治療——我想過自己過勞死在宿舍或研究室，好幾天後才被發現的畫面，但COVID-19不一樣，總統惡意稱呼這是中國肺炎，而美國人根本分不出亞洲人有什麼差異，讓我連戴口罩都有壓力。算了，路人主動避開我也好，現在最重要的就是保持距離。還有一些同學，因為我們無懈可擊的防疫，忽然認識了台灣。

結果，我還是丟下一切回家了。

訂機票、交接學校工作、東西全堆到一個房間，希望找得到下一個租客——我用最快的速度回家，但還是趕不上政策轉變的速度：從美國回來的旅客，一律要隔離防疫。

「媽媽來我這裡住，老家給你隔離。」語玲傳來訊息，要我不用擔心隔離旅館的費用。

從花盆底下拿出家裡的鑰匙，空蕩蕩的家裡，桌上有滷肉，冰箱有水果，我才覺得自己真的回家了。貓不用隔離，所以留在家裡陪我。摸著貓，看著電視，台灣的新聞一片祥和，我忽然懷疑自己，幹嘛辭了工作，出國找罪受呢？其實我不知道，小貓也老了，每天要吃藥，看我媽餵起來很輕鬆，我餵就是不成功。媽媽聽到就笑：「你小時候也是不吃藥，我餵藥很辛苦，你阿伯一凶，你真的乖乖吃藥。你不是不肯吃藥，是欺負我。貓也是這樣。」

回到家，可以做個老孩子，陪陪老貓，這就是我近十年錯過的事。詭異的是隔離結束後，我有感冒症狀，不斷咳嗽流鼻水——有這麼長的潛伏期嗎？媽媽決定回家照顧我，但她年紀大了，如果生病一定會比我嚴重。我拜託她千萬不要回來，讓我在家休息就好，反正之前一個人留學差不多是這樣，回台灣一定沒問題，她很生氣。「你以為你很了不起嗎？」我從來沒這麼想，至少那當下，能少一個案例是一個。但她聽不懂，我也放棄了。期限一到，我媽就回家剁雞煮粥，我也慢慢康復了，但心裡一直不知道到底是不是COVID-19。

我沒料到的是，家裡隔音很差，不管她在廚房炒菜還是客廳看電視，因為年紀大了耳背，聲音都很大。關了房門也沒用，當初裝修師傅勸我們選有百葉設計的能透氣，但我們就是沒想到隔音。而且，要透氣也是整個房子通風，不然光是房門有什麼用？想來那是師傅為了賺錢，才建議這種昂貴又沒用的門，大家真的不要裝啊。

仔細想想，我們擁有的空間根本不適合長期居家。過去我每天通勤去學校工作，找資料去圖書館，寫作去咖啡店，上瑜伽課去運動中心，從來不在家跟朋友聚餐。但現在，我連打開瑜珈墊都會擋住我媽看電視。儘管一杯咖啡聽起來很貴，但擁有獨立的空間更貴。連家教學生都聽得到我媽跟她的姊妹 Line。我買了吸音棉貼滿整個百葉，工作時用毛巾堵住門縫，就算有火災，大概也能擋一下。人在台灣，卻不能約朋友見面，最後大家還是約了線上聊天，吃著類似的外送，就當作是聚餐了。

封城、搶購、抗議、疫苗、大流行、解封、再封、變種病毒——

我接了一些網路家教、修改文件的案子，美國房子也找到人住下去，朋友幫忙照顧我的二手車，日夜顛倒地跟教授開會……老實說，我不確定要不要繼續，簽證也快到期了，美國總統宣布停發簽證，有些大學直接倒閉。日本留學生則是根本不敢回台灣，因為外籍人士（就算跟日本人結婚），也一律禁止入境日本。或許，我就做一輩子的博士候選人吧。如果要找普通的工作，就拿碩士的畢業證書出去——但我要怎麼回答這幾年的空白？

一年過去了，我還在台灣，幸好美國的指導教授也活著。

我媽照常天天出門買菜，我不再勸她一次買大量，這就是她的生活，買菜是她少數的樂趣。疫情緩和的時候，我們到南部去看妹妹一家，小朋友竟然會乖乖地掛口罩，一點也不掙扎。二〇二一年，新的一年才剛開始，我的學校就宣布秋季維持網課，那我還要回美國，離開全世界最安全的台灣嗎？

「遇到這種世界級的災難，然後放棄學業，過著普通的生活也很合理吧。」去妹妹家作客時，我第一次把這種想法說出來。

「雖然我不知道你遇到的困難是什麼，但困難這種東西，要數是數不完的。但如果有想繼續的事，就做吧，別管那後面是什麼。」語玲說話時，目光一直沒離開孩子，直到她說：「而且，你根本不是普通人。」

「你才不是吧。」我笑了出來，畢竟妹妹做過的事，大家聽了都印象深刻。

「不一樣，我是有症狀的普通人，我煩惱的事其實跟大家差不多，基本上都可以上網解決。但你的問題不管問誰都沒用，只有你自己或是你喜歡的書才能回答。就這點來說，你不覺得自己很奇怪嗎？」

我從來沒用過這種觀點，思考自己與別人的差異。但語玲不會為了讓我開心而說違心之論，也不怕我聽了之後，後悔接受她的建議。她所做的就只是，整合現有的資訊，推估我的行動。她是對的。就算我的指導教授認為我離題，但這裡有一個人，可以比我更清楚地看見，我看見的是什麼。

「你一定要回去。」她說。

我在這裡躲得夠久了，甚至寫好了我大部分的論點，就算提案被老師拒絕，總有一天我也會寫出來的。那年秋天，我帶著重發的簽證、媽媽炒好的蝦米菜脯出發了。那班飛機幾乎是客滿了，不像網路說的，一個人可以占據整排座椅，沒人穿防護衣，就連戴面罩的我都算是異類。長程班機所附的餐點，大家都老老實實地吃了。下了飛機，我在房間做了家用檢測，陰性，就可以去任何自己想去的地方，隔兩天再做一次。就這樣。

We are good.

我們都會很好的。

後記

貝克德爾測驗

「我三十三歲了，再不結婚生小孩，會不會太晚了？」來自美墨邊界的藝術家曾這樣問她母親，但母親回：「別怕，結婚又不是衝刺末班車。」她的母親就是趕在太老之前結婚，卻沒得到想像的幸福，就怕女兒也步入她的後塵。另一個藝術家剛辦完離婚手續，發現律師收費高得嚇人，也不知道未來能否和別人建立緊密的關係，但到了駐村的尾聲，他說：「我準備好去約會了。」

結婚是一種病，好發於三十歲前後，還在摸索自己和伴侶的人生階段，卻被迫做出決定。當我聽見朋友說出「我有結婚病」時，忍不住讚嘆她替我們的人生下了最好的標題。這本書，獻給與社會框架相搏的女性。她們看起來也許辛苦，但別忘了，她們（絕大部分）都活下來了。因為她們的勇氣，讓我知道了很多事，也知道世間有更多我尚未知道的事。

《我有結婚病》也是我的第一本短篇小說集——竟然到了第六本書才開始寫短篇，我也很驚訝。這裡說的不是參加比賽而裁剪的短篇小說，而是一開始就決定探討某種處境的短篇小說。或許也因為我覺得自己不那麼年輕了，時間有限，短篇小說往往是最精簡的形式。

「你知道貝克德爾測驗嗎？」完成這本書之後，有人告訴我這個奇妙的詞彙。一九八五年，漫畫家貝克德爾畫了一篇諷刺作品，某個角色表示她只看符合以下條件的電影：一、至少有兩名（具名的）女性角色。二、這兩個角色會彼此對話。三、她們的對話內容與男性無關。但過了這麼多年，以同樣標準檢視這本書，我的人物竟也不能全然擺脫婚戀關係，自由地定義自己。身為作者的我，希望《我有結婚病》能夠在我們所處的時代，成為類似疫苗的存在，讓單身者看見婚姻的陰影，已婚者回顧單身的寂寞。總有一天，我們可以一起通過測驗。

後記

我們都會好好的

感謝不吝與我分享人生故事的朋友們，讓我開了眼界，但也需要收驚。

首先，感謝友人D的奇葩田野觀察，開啟這整個系列。感謝A，讀了小說並不覺得冒犯，這對我來說很重要。感謝栢青閱讀初稿，你是我寫作職涯發展的專業顧問。感謝芳碩在孩子出生前夕，以犀利的角度分析不足之處與改善方案。感謝煦清歸納草稿的特色，在悲慘的世界保持幽默感。感謝安妘，女子畫像的概念引領我的修改之路。感謝理謙，與我分享並督促彼此短篇小說的線上文件。感謝黃藺，充滿正能量又救回我的粉絲專頁。感謝Cedric Tai，你在注意力不足過動症和亞斯伯格症的努力，解開了我一直以來的疑惑。感謝阿布，協助確認亞斯女性患者家屬可能的心境，這將是另一本書的重要開端。感謝推薦人陳雪、吳曉樂、馬欣、蔣亞妮、少女老王、奶媽、劉芷妤。感謝小白的愛與耐心，讓我有力氣完成這本書，並前往比我所能想像更遠的地方。

感謝責任編輯傅欣，從合約、選材、田調、催稿和編排，都給了我充分的支持。感謝三采出版團隊，讓這本書順利出版。特別感謝國家文化藝術基金會常態創作補助，讓我有資源及時間嘗試與過往不同的創作形式。感謝文化部駐村交流計畫和聖塔菲藝術中心，讓我在藍天雪地的高海拔地區移地閉關三個月，完成最後三篇小說，並有足夠的時間改稿。感謝在此相遇的藝術家。最後，感謝讀到這裡的朋友，希望大家能從《我有結婚病》獲得對抗體制的力量，讓我們都能好好的。

——二〇二二年春　於美國聖塔菲藝術中心

國家圖書館出版品預行編目資料

我有結婚病／陳又津 著
– 初版 . -- 臺北市：三采文化，2022.5
面： 公分 .（愛寫 55）
ISBN：978-957-658-807-5（平裝）

863.57 111004826
1. 華文創作 2. 小說 3. 女性文學

本寫作計畫獲國藝會文學類創作補助

國|藝|會
NCAF

suncolor
三采文化集團

愛寫 55

我有結婚病

作者｜ 陳又津
責任編輯｜ 戴傳欣　文字校對｜ 黃薇霓
美術主編｜ 藍秀婷　美術編輯｜ 池婉珊　封面設計｜ 高郁雯　內頁排版｜ 陳佩君
行銷協理｜ 張育珊　行銷副理｜ 周傳雅　行銷專員｜ 蔡芳瑀

發行人｜ 張輝明　總編輯長｜ 曾雅青　發行所｜ 三采文化股份有限公司
地址｜ 台北市內湖區瑞光路 513 巷 33 號 8 樓
傳訊｜ TEL:8797-1234　FAX:8797-1688　網址｜ www.suncolor.com.tw
郵政劃撥｜ 帳號：14319060　戶名：三采文化股份有限公司
本版發行｜ 2022 年 5 月 27 日　定價｜ NT$360

suncolor

suncolor